主编 凌翔

当代

行吟大地

萧忆 著

民主与建设出版社
·北京·

图书在版编目 (CIP) 数据

行吟大地 / 萧忆著 . —北京：民主与建设出版社，2020.2

ISBN 978-7-5139-2882-3

Ⅰ. ①行… Ⅱ. ①萧… Ⅲ. ①散文集–中国–当代 Ⅳ. ① I267

中国版本图书馆 CIP 数据核字（2020）第 018120 号

行吟大地

XINGYIN DADI

著　　者　萧　忆
责任编辑　周佩芳
封面设计　陈　姝
出版发行　民主与建设出版社有限责任公司
电　　话　（010）59417747　59419778
社　　址　北京市海淀区西三环中路 10 号望海楼 E 座 7 层
邮　　编　100142
印　　刷　唐山楠萍印务有限公司
版　　次　2020 年 7 月第 1 版
印　　次　2020 年 7 月第 1 次印刷
开　　本　710 毫米 ×1000 毫米　1/16
印　　张　13
字　　数　200 千字
书　　号　ISBN 978-7-5139-2882-3
定　　价　39.80 元

注：如有印、装质量问题，请与出版社联系。

目 录

第三辑 细数时光

第四辑 侧听清风

第五辑　千年高原

第六辑　思想维度

第一辑　行吟大地

在一片叶落的季节，背起行囊，循着向晚流溢着霞光的方向，让指缝溜走的时光绚烂出淡雅的芬芳。辽阔的远方，那里有和煦的阳光，那里有葳蕤的大地，那里有清脆的啁啾，那里有静流的泉水，那里有温婉的歌唱，那里还有无垠的欢快！

行吟大地，用脚步，丈量岁月的蹉跎！

夜遇芒康

我是在一窝澄澈的月光中走进芒康的。

雪白的苍穹之上，那轮圆润的满月正高悬于一株白杨树的树梢。我用仰视的视线，将眼眶对于美的渴望照射在圆月上。空明的天空中，似乎只有万籁俱静的安宁，守候在芒康的领域。夜晚的芒康，是静谧的，出奇的安静。没有都市炫彩的霓虹，没有都市沸腾的聒噪。

我把食物放在一块生得怪异的石头上面，被月光抚慰过的石头，也似乎带有某一种灵性，惹人疼惜。道路还在向着远方延伸，车辆在一条类似绵绸般蜿蜒于山谷的公路上小心翼翼地前行着。那车脸喷涌而出的两束光线，滑过座座栖满禅意的高山。

山是嶙峋的，齐膝的丛草边，总有裸露的石头，散落其上。如同散落在大地之上的人们，栖息在各自的轨道上，寻找着生活之中某一刻突然停留的惬意。苍莽的远山之上，折射着芒康特有的温婉。

这是一块净土，被禅意和生活同时眷恋。我这样感慨着，也这样接受着它的沐浴。

山坡之上，白色与红褐色相间的寺庙，在彩色的经幡围拢之下，静穆成一缕缕淡淡的青烟。白色的佛塔，芬芳的香油，空灵的铃音，孱弱的灯火，以及熟睡的僧人。它们用毕生的信仰，支撑着真理的延续。

我在白天的时候，曾看到过许多年轻僧人，他们表情安静，步履沉稳。一袭褐红色的僧袍，在柏油路上，成了最显眼的风景。他们或者独行，或者数人，彼此没有言语。黝黑的肌肤之上，被烈日灼伤而生起的伤疤，是他们统一的标志。为了心中那份对佛国的敬仰，他们誓言穷竭一生，普度世人。

这种伟大的执着，伟大的牺牲，伟大的奉献，如同亘古的山脉般雄浑，磅礴。一阵柔婉的细风吹过，僧人们瘠弱且坚定的远行背影，是路途之中最美的风景。每当看到此景，心中就像掠过一泓的宁静池水，池水中，一朵朵静美的荷花正娇艳地绽放。

脚下踩着的这条道路，本就是一条通向梦想的旅途。翻开历史云烟缭绕的书页，曾经在古道上一列列商队踩着艰辛，沐着暴晒，浸着汗珠，载着沉重的货物穿行在山河沟谷之中。至今，我依稀能在今晚这个爽朗的夜色中，嗅到一股股清幽的茶花香儿，听到一阵阵清澈的铜铃声儿。这便是赫赫有名的茶马古道了。

自唐开始，这条从滇地出发的古道，一路穿越横断山脉，进入西藏地区，曾将足迹最远触及到南亚，甚至北非。在盛唐长安恢弘的唐乐正在关中平原日夜流淌之时，千里之外，茶马古道正奔涌着它蓬勃的血液。

我猜想，在马队旁边，定会有眼神坚定的僧人，它们踽踽前行，以诵经为伴，以远山为景。古往今来，停滞的是茶马古道，永恒的是执着和信仰。山河未变，变化的只是纷繁的烟火。而曾经的茶马古道，也以另一种方式，重新在大西南雄浑之地复活。时间，记录下所有的故事，芒康，也如同一本厚厚的书籍，在时光的浸润之下，愈发厚重。

我将周身的倦态，在踏入芒康的某个角落，悄然卸掉。从黄昏瑰丽的余晖开始，从夜光皎洁的月色开始，从山影婆娑的远山开始，从脚步变缓的刹那开始，我所有的目光，都在繁忙地扫描着芒康的大山大河，草木流云。

一阵窸窸窣窣的声音从远处走来，我看到几个质朴的藏民，穿着褴褛。他们拖着疲惫的身体，布满红血丝的脸上，却显示着淡然的微笑。由于我身边还有一片空地。他们便和我一样，坐在空地上休息。我定睛一看，才惊讶地发现，他们正是我白天所见到的欲前往拉萨朝拜布达拉宫的嘎玛一行。

白天，当嘎玛一行从车窗外突然撞入我眼帘的那一瞬间，我周身的脉络似乎被电击了一样，大脑里一片空白。这不是经常在电视里才会看到虔诚的朝圣之路吗?

太阳正毒辣地炙烤着大地。我看到嘎玛他们双手合十，高高举过头顶，然后妥帖地匍匐在大地之上，如此循环。鲜艳的衣衫，早已在数以万计次与大地的摩擦之下失去了往日的亮丽。风吹日晒，他们的肌肤显露着一种如油画布般的纷杂。无一例外的是他们蓬乱的头发下，那双清澈的眸子，如同一汪高原蓝色的池水。

嘎玛给我递过来一包素食，我给他们递过去几瓶纯净水。一场敞开心怀的言语，便在月光下编织。嘎玛他们的笑容，成了晚上最美的风景。那些白花花的笑容，纯粹、淡然，是一种超越凡俗的静美，亦是一种轻抚心灵的温婉。

在芒康之夜，我把心灵，铺展成一垄垄洁白的雪山，在祥和中，安然地绵延。

夜色如水，此刻的我，正斜倚在一个纯情的梦寐中，和芒康，释怀着岁月的绵柔和坚硬。

擎起岁月的蓊郁

树影，在骀荡的清风里轻轻地摇曳。似乎千年的历史，就在漾动的这一刻，凝结成一块溽热的化石。

我伫立在泥河沟这棵沧桑的千年枣树前，树影摩挲的响声，填充着我的耳际。

颤巍巍地抖动着我祥和的心旌的是，那一如精灵般的枣子。它们竟然闪动着青春悦动的锋芒。那翠绿欲滴的娇嫩，如同一场夏雨洗涤之后的艳荷，处处流溢着丰腴和婀娜之美。

你能想象得到，这是千年枣树激荡出来的妖艳吗？

而亘古的黄河，依然以它蓬勃的生命力，淌过历史的河流，在秦晋大峡谷间神色安宁脚步沉稳。你可曾知晓，千年之前的那个午后，是谁在这块炽热的土地上，亲手植下这棵枣树苗。你可曾知晓，究竟有多少人曾在目睹过它的娇容后，面露笑靥。

黄河，如同一袭纱衣的智者，挽着夏风的温润，缓缓走过……

历史，在这个向晚，亦悄然无语。

周遭的一切，似乎吸吮了乡村的某些灵性，蘸着向晚的夕阳，诵读出一摞摞静谧的禅意。泥河沟，在此刻被夕阳晕染的瞬间，变成了一个彩色的梦，目光所及之处，都是童话般的世界。游戏的孩童，飞舞的蜂蝶，清澈的河水，还有斑斓的彩云。

而我所关心的，只有这棵鹤发童颜的千年枣树。

在一抹夕阳的金色中，我和这棵屹立在泥河沟千年之久的枣树，来了一次清澈的相遇。

此刻，我能感受得到，甚至一株株蓬勃的小草，都是温文尔雅的。

徜徉在绿意浓烈的土地上，一畦畦浓郁的田地，植物们，正迎着向晚的绚丽之色，悄悄诉说着果实的饱满。一眼望去，蓊郁成一汪绿色的海洋。

我抚摸着千年枣树一如黄土高原般沟壑纵深的表皮褶皱，突然就像看到了陕北农人皱巴巴的脸庞。他们何尝不是这样，历经风雨，却依然挺直腰板。虽然岁月佝偻了他们的脊背，但质朴的农人，仍要把生命中最后的一滴汗水，交付于厚实的黄土地。

1400 多年，掩藏了尘世多少秘密，遗忘了凡世多少传说。

我没有答案，那冷峻的河谷，奔流的黄河，滚烫的土地，亦和我一样。

唯独这棵被《中国红枣志》誉为“活化石”的千年枣树王，能神采奕奕地知悉一切。你听，在如水的暗夜，它便在向着四野轻轻地诉说。那诉说，如河流般潺潺，如流云般委婉。

对话，我要和千年枣树来一次对话。

躺在它的阴翳里，我用仰视的姿态，细致地扫描着枣树的一切。

那阳光，透过枣树枝叶的缝隙，缓缓轻落在我的身上，一股暖意，瞬间漫过我的全身。

枣树，已经老了，那浓郁的枝叶，遮掩不住她瘦骨嶙峋的斑驳。我的眼角，在某一瞬间，泪水滑落。她曾滋润了多少青春飞扬的少年，她曾蓊郁了多少炽烈的夏日，她曾摇晃出多少女子的笑容，她曾湿润了多少人的泪眼……

这些一幕幕往事，历经岁月的浸泡，生出了一种叫文化的果实，它们高贵，典雅，它们像一股股流淌的泉水，依然要抚慰多少人的心灵池塘。

我微微闭上双眼。

在梦里，我似乎看到一位双鬓斑白的陕北农人。他舞动着雪亮的镢头，一深一浅地劳作着。不远处一垄枣树苗，欢呼着，跳跃着，似乎迫不及待地要钻进沃土里，谱一曲岁月的歌谣。

苦寂的烽火燧

有微风自山垭袅袅浮游而来，浸润着一股泥土和雨后的雅润之香。

山头，那座茕茕孑立且倾颓的烽火燧，周身在褐黄色的裹挟之下显得格外深沉。烽火燧在陕北的无定河流域随处可见，尤其是在陕北榆林到绥德的无定河川谷。当苦菜花儿摇曳在夏日的溽热之时，无定河的河水才渐渐丰腴起来。被河水灌溉着河川的庄稼地，一片葳蕤。显然要比黄土塬头上被烈日炙烤着的庄稼更溢满夏日的情怀。顺着无定河畔那如条带穿梭在荒地之中的小山路，在刚刚有气喘声的时候，便来到了山顶。杂草丛生的洼地上，还隐隐约约能看得出来通往烽火燧古道的遗迹。

烽火燧，突兀地出现在山的最顶端。随处可见的瓦砾，生锈的铁质弩箭头，粗砺线条的陶瓷片，平整的青石板，它们似乎是被尘世遗忘的存在，依偎在烽火燧前，苟延残喘地生活着。作伴的，只有一种叫甘草的植被。这种植被在陕北随处可见。它们在颓败的烽火燧上，肆意地生长。我俯身拾起一块半个手掌大的陶瓷片，擦拭掉嵌在上面的泥土，一些暗灰色的纹路惊奇地出现在我的眼前。我想着，这应该是一身凛冽之气的兵卒们曾经使用过的生活用具吧。似乎我的轻抚，依然能感觉到它曾在五谷的伴随之下暖心的暧昧。如今，这里像是一块赘疣，任凭岁月耀着锃亮锋芒的刻刀，一天天无情地剐着昨日的温存。

这本就是一块瘠薄之地，远离了圩市的热闹，一生黯然地度过。既不是战事的前沿，没有刀光剑影，没有鼓角争鸣。亦不是店肆林立的州县，叫卖声声，摩肩接踵。这里甚至比不上一个驿站，驿站起码有行脚的僧人，精明的商人，穿行的使者。

在烽火燧发挥着重要作用的时候，也许也只是三两人的存在。我似乎看见，在一个落日余晖洒满天的下午，三个，或者两个衣着褴褛的兵卒，坐在烽火燧旁。两三双无光的眼睛，孤寂地望着川底静静流淌着的潺潺流水，在无语中，两行清泪，轻轻滴落在地，随即便被黄土吞噬，不留痕迹。远方的守着孤床的妻儿，家中踽踽前行的父母，村里推心置腹的兄弟，他们都在踏上戍边的那一刻起，恍惚成一棵苍老的老槐树。

而此刻，这棵老槐树，早已腐朽。厚厚的鸟粪，堆积在老槐树斑驳的褶皱里。枝干早已腐化，只留下淡淡的一抹轮廓。也许在数年前，这棵老槐树曾是烽火燧一生旅途中的过客。烽火燧见证了它的出生，见证了它的枝繁叶茂，也见证了它的老态龙钟……守卫了烽火燧一生的旅伴，终究没能战胜时光的不朽，在某个黑漆漆的夜里，悄然死去。他把最后的归宿，毅然选择在烽火燧边，伴随着时光的足迹，与烽火燧同在。落寞一生的烽火燧，太需要这样的守候。它们彼此相偎，在暗夜里，诉说着，一如无定河般悠远的往事。虽然，都已老去。

崖畔上的柠条花，此时正绽放着亮黄色的花蕊。飞舞着的蜜蜂，正从远处赶来，吸吮着花蕊柔软的甜蜜。细长的枝条上，花蕊一簇簇紧紧相依，这是当下最柔和的景致。它像极了一条绵软的云锦，栖落在坚硬的落满青苔的石头。在烽火燧椭圆形的黄土地上，这些盛开的花蕊，围拢着营造着历史表层那淡淡的芬芳。

极目远望，烽火燧在无定河川两岸的黄土梁上，相隔数十里就出现一个。他们是历史最忠实的岗哨，虽然鼓角已平，狼烟已散。远处陡峭的山洼上，放羊汉挥舞着修长铁锹，用悲怆的曲调，嘶吼出古老的音律。点缀在山洼的羊群，流淌的河水，包括烽火燧，也包括突然闯进来的我，都成了老汉的倾听者。那顿挫的声音在河川与山梁中弥漫着，它似乎在寻找更多像我一样的，突然闯入的倾听者。远望过去，犹如一团棉花的羊群，正惬意地吞食着葳蕤的青草。

我静静地，像一个兵卒，端立在这块被岁月褫夺了锋芒的黄土地上。瓦蓝的苍穹之中，几只寂寥的鹰隼，在一声长啸后，于烽火燧上空振翅远飞，俄而又从半路踅回，歇在烽火燧斑驳的土墩上。

远处，顺着无定河川渺小成一条绸带的公路，依然日夜奔波，承载着无数生活的重负。

此刻，我的烽火燧，像一位白发苍苍的耄耋老人，正颤巍巍地，孑然地走向时光的深邃处。

葱郁在夏津的绿意

夕阳西下，当落日金色的余晖穿过黄河故道的桑树林时，被枝繁叶茂的桑树筛选过的光芒，星星点点地洒落在古桑树下。厚实的桑树干，把时光刻进佝偻的身子。沟壑纵深的桑树，虬枝盘曲。它们将苍劲的根须，深深扎入黄河故道。就像生活在黄河故道的人们，扎根在这方热土上，一刻没有迁移。

在历史长河的某一个时间段，这葱葱茏茏的桑树林上，竟流淌着汹涌磅礴的黄河之水。它们从千里之遥的青海巴颜喀拉山脉一路奔驰而来，携带着雪山的空明，河套草原的灵秀，黄土高原的雄浑，中原大地的毓秀。在齐鲁大地上，所有的精华融为一体，成就了齐鲁大地儒风的厚重，文化的繁荣。而某一刻。黄河突然在一夜之间改道，留下褐黄色的河槽和肥沃的土壤。

相传，公元 11 年，黄河改道，故道夏津留下了三十多万亩的沙河地，一派荒凉。清康熙十三年，在朝遭贬的朱国祥到夏津任知县，他认真勘察这一带地形，发现了古树资源，于是仿照前人让百姓大量种植桑树，这一举措不仅让百姓远离洪水的蹂躏，也增加百姓的经济收入。历经百年，至清中期就已经形成了这片葱绿苍翠的古树资源。如今，桑葚树树冠丰满，枝叶茂密，气宇轩昂，盛气凌人。河槽之上，桑树成荫。微风习习而来，俊秀挺拔的桑树林便腾空升起一层层翻腾的巨浪。黄河沉淀千年的厚土，在这一瞬间，蓬勃出震慑人心的力量。几波清风，几场细雨，那深红色的果子便摇曳在郁郁葱葱的桑树上了。

扯几尺粗布，四面绑上手腕粗的长棍，三五个人用力扯开。持长竹竿的大汉，双目紧紧注视着头顶的桑葚，几番搅动之后，这些精灵般的桑葚便如同雨滴一样，扑啦啦散落在粗布之上。浓郁的汁水，呈欲滴状。捻一只放在嘴里，桑葚的汁水沁人心脾。我曾在一次远行中，看到过夏津人打桑葚的画面。热闹的场面，和我的故乡陕北秋天时候打枣有着异曲同工之妙。

行走在苍翠的桑树林下，你踩着的，便是黄河水曾经淌过的土地。葱绿的草地，没有因桑树巨大的树冠遮挡住阳光而萎靡。相反，它见着穿过巴掌大的桑葚叶铺洒下来的稀疏的阳光，一片欣欣向荣。都市被修剪得平平整整的草坪，远没有这生长在桑树林下的草地葳蕤勃勃。错根盘节，姿态万千。在摄影师的眼里，这些奇特的素材，永远是关于美的最高形态。轻轻触摸上去，你似乎就能抚摸到时光的脚印，感受到时间流逝的曼妙。这些老桑树，有的已伫立几百年，三四个人伸开臂膀，才勉强得以围拢。生命的短暂，时光的蹉跎，人情世故的渺小，都在你看到老桑树的那一刻，释怀。

时间，慢了下来，静了下来。在鸟儿的啁啾之中，在夏蝉的嘶鸣之中，似乎所有尘世的包袱，都化作了烟云。此刻，唯有静静享受这惬意的时光，才不辜负桑树林的馈赠。索性躺在草地上，像孩童一样打两个滚，然后肆意地吼叫两声。在这禅意的意境中，静待时光的匆匆流逝……

禅意太湖

那日，葱茏的秀山，清冽的湖水，以及娓娓而来的禅音，像一泓清流，缓缓注入我的心田。

阳光是，炽烈的，白云是，幻化的，天宇，是清远的。一滩秀丽的荷花，正在池中热烈地绽放。那扑入眼睛的翠绿，晕染着初夏的纯净，如果再有一曲淡雅的佛音，必是又一番境界。而在太湖，大可不必关心佛音的存在，因为在这块禅意的土地上，佛音无处不在。小到一支随风摇曳的草子，小到一块表面斑驳的石头。

对于太湖，我迟迟不敢动笔。怕我拙笨的笔触，惊扰了太湖的祥和，搅乱了太湖的安宁。而当一曲《半壶纱》像一股清流淌过我内心的时候，我突然顿悟。佛是包容的是无边的。当我在电脑前敲下第一个字，禅意就会在我的心底升腾。无论语句的粗笨，理解的浅薄。

正是仲夏的向晚，窗子外，悬于西天的太阳依旧散溢着炽烈的光芒。窗前，我浸泡的那杯清茶，散发出一缕缕淡雅的清香。这清香，在《半壶纱》的沉浸下，弥漫出别有的意境。在闷热的夏季，我心静如水。我深知，禅意，已围拢在我的周围。它是无处不在的，只要用心体悟。与禅的距离，似乎只是一杯茶的时间，或者一曲歌的深远。

这种顿悟，在佛山禅水的太湖，是伴随着早晚的。

当一张张恬静的脸庞从你的眼前闪过，笑靥如花，恬静如虹，你便能发觉，太湖到了。这种静谧的美，一如莲花绽放般的和悦。

翻阅资料，太湖是中国佛教禅宗文化的发祥地。西晋时期就有西域高僧佛图澄来此建寺造塔。可见，太湖的山水，早在西晋时期，便浸润着佛学的光辉。数百年来，这种浓厚，连绵不绝。

而太湖，因了一个大师的存在，从此声名远播。公元561年，禅宗二祖慧可，为避灭佛之灾，从少林寺来到花亭湖畔的司空山、狮子山一带，开坛讲道、弘扬佛法，演化出中国禅宗“一花五叶”。至此，三祖，四祖……他们秉承着二祖的衣钵，继续着禅宗的千秋大业。

禅，在每一个附着在大地表面的万物上。包括一朵白云，一湾溪流，一支花朵，一株草木，一座青山。

它无时不在。

太湖，因与禅宗结缘，变得更加璀璨。在中国辽阔的大地之上，犹如一朵盛开的娇莲，正散发着馥郁的芳香。

去一趟太湖，让久沾尘土的躯体，来一次彻底的洗濯吧。

去一趟太湖，让烦躁不安的心灵，来一次禅宗的熏染吧。

鸣翠湖的那湾秀荷

一抹从云烟缭绕中走来的淡粉，修饰着整个夏天的明丽。

在鸣翠湖，我把周身的困顿，卸在湖畔，轻装前行。

波光粼粼，簇簇荷花，姿态蹁跹。在这块炽烈的土地上，摇曳起一阕瑰丽的炫美景致。于是，在鸣翠湖，我将脚步放得更轻，一如春风掠过般柔和，一如荷花绽放时的温婉。

轻声和慢语，我把眼前的大美，一股脑寄托给昨夜的那轮晓月。在澄澈的天宇之上，也只有那轮晓月，能阅懂我此刻的温柔。

湖水涟涟，微风习习。从云彩里探出脑袋的骄阳，俯瞰着鸣翠湖清冽的湖水，再咧着嘴呼哧哧地笑着。

踩着历史深处那一条条婉转的阡陌，我用一帧帧华贵的辞藻，在心灵的纸张上，书写着鸣翠湖那湾荷花的秀美，荷花的雍容，荷花的雅丽。置身于鸣翠湖，那湖水浮游的禅意，如一缕缕绵绵的炊烟般蔓延。

捻起一束时光，总想让它把满湖的荷花浸润得再饱满一些，再夯实一些。我知道，这泓擎着荷花的馥郁的娇俏的湖水，早将我此行的时光镌刻于内心的石壁。就用娟秀的西夏文吧，用那些岁月雕琢的横竖撇捺，把一湖的瑰丽，记录成千古一文。

总有一天，会有人伫立在鸣翠湖畔，用抑扬顿挫的声音，诵读出这篇著作的魂灵。而那些在人们看来显得生疏的西夏文，也会在临近春天萎缩的季节，生出更多的人文情怀。

抑或，在向晚，夕阳像一位害羞的小姑娘染红天际的时刻，鸣翠湖，会在平平仄仄中，升腾起西夏文明的恢弘。再也不用冠以神秘，再也不用冠以消失，这个策马奔腾的民族，这个高度文明的党项，终会有一天大白天下。

彼时，鸣翠湖上，我还会携着如今日般怅然的心情，在向晚的抚摸下，静心地赏荷。

极目四望，那亮绿的蓬叶托起来的莲花，圣洁、端庄。出于一塘陈年淤泥，却亭亭玉立，绽放出艳丽的七月天。荷叶你遮蔽着我，我轻托着你，为眼前，生出别样的景致。

鸣翠湖，因了荷花，名播西北，浸润华夏。荷花，亦因了鸣翠湖温润的湖床，屹立于花海之中，不凡地存在着，秀丽地端庄着。而满湖的荷花，多像青砖黛瓦下，烟波浩渺中淡淡抹粉的素衣女子，娴静中溢满素雅，清新中盛满秀美。她嘴角那淡淡的笑靥，不正宛若荷花绽放时的恬美。

早有宋时文人周敦颐佳句流传千古：出淤泥而不染，濯清涟而不妖。古往今来，荷花的气节，荷花的素美，栖落在历史云烟的漫漶处。多少年来，不曾落满风尘，不曾被世人遗忘。

甩一滴清水，滴落蓬叶之上，那水滴，便如同光耀的珍珠，缓缓滑落。一道完美的弧线，犹如一弯彩虹，虽然无色，但是晶莹，但是剔透！

悠闲的鱼儿，在荷花浸润的水底，游弋。那彩色的蜻蜓，总会在你不经意之间，栖息在荷花娇嫩的骨朵之上。如同一幅水墨画，别致淡雅。

满湖的清香，在七月弥漫。

选择在七月，选择在向晚，选择在鸣翠湖，做一个清雅的梦。梦里，这一湖荷花，依然在傲然地绽放。而我，正驾一叶扁舟，在如画般的烟波之中，悠然地品茗。书童，正拾掇着笔墨，我要将所有的浓烈之词，泼洒在宣纸的斑驳之上。把鸣翠湖，梳妆成，一个悠远的美梦！

阿尔泰岩画

平展的公路上，车子正在阿勒泰的大地上穿梭。

随行的哈萨克族小伙子，正兴高采烈地为我介绍着阿勒泰的一草一木，包括喀纳斯湖，包括蝴蝶沟，包括鸣沙山，包括草原石人，也包括我们此行的阿尔泰岩画。

小伙的眸子是清澈的，每一句话都溢满他对于阿勒泰的热爱。在他俊秀且和善的脸庞上，不时漾动着恬静的笑容。那笑容如雪山上绽放的雪莲花，甜美、纯净。

顾不得旅途的疲惫，我睁大双眼，欣赏着车窗外的闪过的所有景致。它们是我最值得记录在心间的：碧绿的草地、清澈的溪流、润洁的裸石、瓦蓝的天空。

远处视线中坚硬的阿尔泰山脉，总以最雄浑的姿态傲视大地。

比如一条澄莹的河流，比如一场温婉的细雨，比如一阵柔美的清风。它们都用妥帖的姿态，匍匐在阿尔泰伟岸的身躯上，用一曲秀美的歌声，表达着对于阿尔泰山的痴恋。

一缕柔风拂过肌肤，风是温婉的，如同父亲的亲抚，如同母亲的呢喃。

下了车，在哈萨克族小伙子的带领下，我走向心中的阿尔泰。顺着柔风行走的方向，噙着一支草叶，踩着葳蕤的草地，缓缓前行。

曾在多少个夜里，在星辰弥漫荒原的时刻，我总想静候在时间轻快的怀抱，和阿尔泰的岩石，来一次澄澈的对话。那些挥洒在岩石上的风情，总让我着迷。似乎在千年前的某个雨后，我们便在湿润的云彩之下相逢。

长达千里的岩石上，数以万计的画面，深深地镌刻在生满暗黑色霉菌和苔藓的石壁。这些画面，正展示着一片辽阔的草地之上，我们的祖先日出而起日落而息的精神高地。

我们脚步轻轻，生怕与草叶的摩擦声惊醒这些沉睡的精灵。这些用粗砺的线条勾勒出来的世界，像一幅幅神秘的卷轴向我们展示着那段温润的岁月。

我静静欣赏着。

触摸着岩石的纹路，那些活灵活现的动物，甚至就要从我的指尖蹦跳出来。我猜想，当初的工匠，也定是和我一样的姿势，抚摸着不朽的岩石。

在此刻，烈日见证了我和千年之前的祖先又一次的重逢。灼灼的烈日，竟然在此时显得如此娇媚。身旁凝神伫望岩画的哈萨克族小伙，在我们眼神交汇的那一刻，淡然地笑着。我能明显感受得到，他对于成长在这片热土的骄傲。

这是一次心灵的旅途，亦是一次与生命对话的旅途。

日落，彩色的霞光，绚烂地挥洒在阿尔泰山脉的岩壁上。附着在岩壁上的岩画，在色彩的熏染下，似乎生出来无数双透明的翅膀。他们在时空中奔腾着，欢悦着……

它的壮美，它的瑰丽，用一个简单的形容词岂能描绘。

壮美化隆

云彩，在湛蓝如洗的苍穹之上，蔓延出一帧浓烈的画面。

葳蕤的草地上，白森森的羊群点缀其上，它们三三两两，惬意地穿梭在草地上觅食。一条条河流，像是蜿蜒在大地之上的彩绸，为瑰丽的化隆大地装饰上浑朴的素装。河流是清澈的，倒映着云彩壮美的影子，也倒映着旅者满目的欢欣。润滑的鹅卵石铺就的河床上，阳光抛洒下来，就像夜空中的星辰，闪烁着碎银般的明亮，潺潺流去。洁白的水花，在河石上静静地流淌，像是簇拥在一起的朵朵新疆棉花，让人眼睛柔和，视线唯美。化隆的水，是清灵剔透的，是纯洁无瑕的。就像世世代代生活在化隆土地上淳朴的回族老乡，他们朴实、善良、简单……

远处穿着对襟白衬衣的回族老人，正佝偻着身子，侍奉着一田温润的土地。长势极好的油菜花，将老人的身子，掩藏。远远望去，他的身体，已和土地融为一物。土地是有温度的，是极富灵性的。你用心呵护它，它便以饱满的果实回报你，你若是草草敷衍，它绝对给你的是秕谷。而满头大汗的回族老人，他的勤劳和付出，必会在金色的秋天来临之际，收获笑容，收获希望。

老人的不远处，一湾从巴颜喀拉山脉北麓的卡日曲蜿蜒而来的河流，此时已汇聚成蓬勃之势。它便是华夏母亲河——黄河。在中国北方，但凡黄河水流经的地方，便孕育出两岸肥沃的平川。平川之上，定是硕果累累。在我的家乡陕西佳县，黄河之水用其坚硬如长矛的铁刃，穿过蒙古高地，南北方向直插黄土高原。在县城南边白云山下，黄河积淀的泥沙，孕育出两岸厚实的川地。川地之上，干旱的红枣树在黄河之水的润泽之下，生长出来红彤彤的黄河滩枣。它肉质饱满，甜度适中，是红枣之中的极品。而在化隆，汹涌的黄河水，因河流的狭窄和地势的落差，形成了大自然雄浑的力量。一座座水电站，在湍急的水流之上建立起来。大自然取之不尽的力量，在化隆人智慧地应用之下，生出了新的勃勃生机。黄河两侧，崇山峻岭，云雾缭绕，陡壁如削，荫天蔽日。置身其中，在滔滔的河水之中，极目远望，视线所及，瑰丽辽远。你会在不经意间误以为，已沉浸在长江三峡之上。眼前的黄河水，与长江之水相比之下，汹涌澎湃，气势逼人。这些用粗砺的线条勾勒出来的美景，宛若一幅山水画，让人流连忘返。

而真正让化隆誉满神州的，却是一碗看起来普普通通的拉面。不论你游走在江浙青砖黛瓦的水乡，还是穿行在南方秀美温润的大地，无论是在东北肥沃的黑土地上，还是长江流域富饶的鱼米之乡，化隆牛肉拉面总会生根发芽。化隆牛肉拉面是我国西部特有的民族风味，包含独特的民族饮食文化内涵。具有百年悠久历史的化隆拉面，一直以来坚持传统工艺，备受食客青睐。如今的化隆牛肉拉面是从清乾隆年间回族名厨马保友亲手创造的基础上改进而来的。经过了“三遍水、三遍灰、九九八十一道揉”手工拉制而成。我曾在美味林立的古城西安，享受过这香气馥郁的化隆拉面。一碗下肚，身心俱爽。而在面积不大的化隆拉面面馆内，前来的食客络绎不绝。可见，这碗化隆拉面是深受人们欢喜的。不论在一年中的哪个季节，一碗化隆牛肉拉面，便能让人的生活有滋有味。如今，化隆拉面已经遍布五湖四海，甚至远销国外。

化隆，犹如镶嵌在青海的一颗剔透璀璨的明珠，闪耀着绚丽的光芒。它的雄浑，它的旖旎，它的美不胜收，只要你置身其中便能收获那来自心灵深处的慰藉。

武当飞雪

雪，在昨夜光顾了千年的武当山。

清晨，当云海之中喷决而出的新阳把柔光漫散在武当山金顶之时，如流水般淌过俊秀山巅的云海掺着金灿灿的光色，把武当山的林木和秀石，以及绝美的亭宇楼阁，点化成缥缈幽邃的仙宫。每一帧景色，每一寸时光，都定格成人间的瑰丽。

凭栏远望，白茫茫的雪景，在天与地倚靠的武当山，演绎着自然风光的绝顶艳美。有清灵的钟声从红墙青瓦中蔓延而来。那幽空的声音，越过如轻纱的云烟，直抵耳畔，宛若从天宫而来，清远，纯澈……

苍色的石栏之上，如食指厚度的雪，在暖阳的轻抚下，喷射着炫目的光点。株株接壤的松柏，披挂着晶莹的大氅，如雪中前行的道者，身躯坚挺，双眸澄澈。武当山莫测的道法，早已晕染了这里的每一株草木。即使是一棵孱弱的草子，也能在风雪中舞荡出日月的光辉。它们吸吮了天地精华，浸润了道家的无为之术，变得极具仙风道骨。你看，那剔透的白雪，仍屈服不了枝干的高度。抔一窝积雪，从石栏外轻轻洒下，雪花在阳光的爱抚下，婀娜起舞。而手心的那抹冰凉，会让内心所有的冗杂，在某一刻变作深处武当山嘴角淡然的一笑。身心俱静，仿若时间在这一刻倏地停顿了下来。目光所及之处，皆为一片悠然，静如止水，美若处子。

稀疏的雪花，还在温润的暖阳中懒散地飘洒着。

红墙绿瓦的紫霄宫前，早有女道人，挽着束发，着一袭素袍，在雪中打着玄乎其玄的太极拳。在这里，太极拳早就不仅仅是一套强身健体的套路，它还蕴含着天地之灵气，大自然之章法。一颦一动，一伸一缩，一动一静，彰显着太极拳法的柔如细水和坚若寒石。她们从四面八方而来，从此不问出生，不问年龄，不问姓名，不问往昔，栖身于武当山之中，辗转于檀香之畔，与木鱼为伴，念经修身，度过不凡的一生。她们面容恬静，表情怡然，如静止的湖水，波澜不惊。在双双深邃的眼睛中，你能看到的只有道家平静的通彻和顿悟。

紫霄宫七点五公里之外，有一处绝妙的建筑，它们倚山势而建，背依狮子山，前临万丈深壑。名曰太子坡，又名复真观。于明永乐年间敕建。相传复真观的得名来源于一段悠远的往事。太子修炼意志不坚，思恋尘世，便欲下山还俗。路遇姥姆以铁杵磨针点化后，瞬间顿悟，复回山中，故名复真观。

在太子坡，如丝绸般飘逸起伏的狭窄走廊顺山而上，两侧被陡直的红墙围了起来。仰头上望，天地被切割成浑然的长方形。一习微风中，道人孑然而行，抖落的雪花从长方形的天窗中跌落下来，落在道者的帽子上，落在道者的眉宇间，落在道者的布鞋上……他们踩着斑驳的雪阶步履轻盈，心无外物，道袍在走动中蹁跹飞舞，溢满祥和，颇有仙人风范。不，也许他们就是仙人，在武当山这个天地之间融洽得极为天成的道家之地，远离凡世，告别红尘，只为心中那挚诚的真理。

飞雪如落叶，飘飘洒洒。龙头香，突兀于万丈深渊之上，直插云霄。

端坐于龙头的香炉上，落满雪花。我在想，那一缕缕飘游的檀香，是否已随着飘扬的雪花直通天际，到达灵霄，抑或宇宙之极。

伫立于金顶，这群山之巅，仿佛手可摘星，与莽苍的宇宙只是一帘之隔。巡视四方，白雪皑皑，有一种千古岑寂，在缓慢地流淌。这岑寂，是大彻大悟的，是通透而疏朗的。

遥望暖阳，更像是一圈光晕，在云层苍岭中悬挂，在缥缈雪海中漫游。这样的景致，让你身心像是坠入了无垠的边地。一切玄妙，都在黑白色的阴阳鱼里旋转。正是你中有我，我中有你，道法自然。

道在那浮游的云海之中，在那袅袅的烟雾之中，在那敦实的大地之中，在那浩淼的大漠之中，在那苍翠的山水之中，亦在那逼仄的崖石之上，道，无处不在，无时不有。心中有道，便能胸怀天下，便能走马九州。

静坐于木凳之上，满桌的素菜斋饭，在呵气成冰的季节，散漫着一股雅润之香。风铃声声为伴乐，细雪纷飞为视野。

这一顿，轻咬细咽，这一世，恍然如梦。

鄂尔多斯

这个一向沉浮在我心底的城市，无数次在眼前闪烁出其辽阔的胸襟。最早感兴趣，是因为秦直道的缘故。鄂尔多斯首当其冲地在全国率先建立以秦直道文化为主题的博物馆。这是我所欣慰的。这条贯穿陕西与内蒙的大动脉，曾经在历史的舞台上扮演着至关重要的角色。秦直道在陕西北部毛乌素沙漠地带的走向却如同一宗扑朔迷离的到处显现着疑惑与不解的陈案。这至今是一个在学术界争论不休的话题，而往往争论不出个清晰的结果的事情可以吸引大多数人的眼球。我就是其中一个。秦直道最早出现在我眼前，是在一个黄沙弥漫的早晨，我徒步走进荒沙即将湮没的明长城中，这条古道，似乎就躲躲闪闪一般在我的眼前若隐若现，让我不能真实地看清楚它的原貌。飒爽的秋风习习吹过，迎风招展的沙柳玩弄着袅娜的身段，活脱脱的一段被历史埋没的霓裳舞。我站在沙柳的跟前，沙粒轻轻抚摸着我冰凉的脚踝。而当我得知鄂尔多斯已经建立起中国首个秦直道文化的博物馆时，顿时感觉神清气爽。这样说来，对于鄂尔多斯的印象其实很可笑了。没有人会用这样枯黄的态度对待这样一个城市的。

鄂尔多斯高原与陕北黄土高原一脉相承，相互连接。民族文化是多元化的，任何一个单民族的文化在形成以后都不是完全完善的，它需要注入更多新鲜的活力，摒弃一些陈旧的腐朽的板块。最终才能让整个民族素养在漫长的时间积累中发生显而易见的变化，让更加适应民族长远发展的精神文明得以保留。任何民族的内心深处，是都藏匿着互通的一面的。新中国的民族大团结大融合就足以证明这个观点。这块接壤的地方，是历史中中华民族大家庭民族团结的最前沿。而最前沿的地方，我自己很狭隘的认为是在明朝时榆林北边设立的易马城了。易马城是明朝政府在边境开通的一个小商埠。商埠在规定的时间内可以进行商品贸易。当然当时是有些限制条件的。比如关外的少数民族不可以给内地出售马匹，内地也不可以给关外出售铁器。而这两个条件的限制，也正是基于能够更好地和平地让两地和谐往来而考虑的。这样看来，如同上面所说，在任何民族的内心深处，是都藏匿着互通的一面的。在这里，这个互通的一面就是双方都向往和平，反对战争。而在内地大量出土带有边族文化符号的器物，就更能证明两地久远的友谊了。说到这里，秦直道所承载的信息就不言而喻了。

在我内心深处，似乎一直就对于秦直道有着千丝万缕的关系。这种千丝万缕像是身边的影子一样，一直跟随着我走南闯北。而这个原因，也促使我对于这座矗立在草原的城市鄂尔多斯更加的向往。班车刚刚驶过陕蒙界的时候，我的心情也犹如顿时开朗的眼界一样明亮了起来。车窗外高速公路两边的指示牌已经有蒙汉两族文字了。高速公路两边的景致在这个秋天深入的时节里格外的诱人。阴沉沉的天空下，一株株白杨树泛黄的树叶在视线中缓缓驶过，偶尔有几头憨态可掬的小奶牛，走在荒草地上，甩着尾巴低头享受美味。一望无垠的平地里，处处都是这样的景象，其给予人的视觉冲击力可想而知。我尽可能的将头贴在车窗上，先前的困顿似乎一下子都消失殆尽，化作烟消云散的云彩了。我在想着，如果有一天，有机会，一定走出窗外，亲身体味这漫步在秋意撒欢的草地里的感觉了。渐渐地，一些大大小小的楼宇隐隐地出现在我的视线中，我知道了，鄂尔多斯已经迈着轻盈的脚步欢迎我这个期盼它的游客了。

荒凉的大漠的周身开始出现了袅娜的炊烟，三三两两的牧民在炊烟里安然地拾掇着院落的杂乱。一切都是如此平静：溽热的天气笼罩着辽远的大草原，厚实的云层将蔚蓝色的天空遮掩得严严实实。牧羊犬自由地奔跑在灰白色的蒙古包周围，不时传来声声密集的鸣叫。码放在木栅栏边的牛粪，被炙热的阳光晒得干冷宁静。蒙古包上面飘扬而上的青烟，带着奶酪的芳香，弥漫开来。这个安静的下午，静得悄无声息。乌兰木伦河畔的细柳，倒影在平静地河水中，几声蛙鸣、几声犬吠、几声长调、几声呼唤。碧绿的青草滩上，棕色的骏马安闲地啃吃着翠绿色的鲜草。着落在骏马身上那淡粉色的余晖，像穿在蒙古人身上的长大褂，渗透着那达慕的欢腾。我似乎看到就在乌兰木伦河边草原上的英雄铁木真单手拿着锃亮的苏鲁锭长矛带领着怯薛军，我似乎看到了就在草原各部营地里消失的塔塔尔人、篾儿乞人、林中人、克烈人、西夏人、女真人、回纥人、畏兀儿人、契丹人、乃蛮人舞蹈着华夏民族璀璨的舞蹈，我看见了，看见了一切我希望看到的景象。它们像汹涌而来的湖水，一股脑都倾泻在我的眼前。

我似乎隐隐约约地感觉到，吸引我的鄂尔多斯，给予我的不仅仅是那横亘南北的秦直道了。

慈母般的塔里木河

巍峨的帕米尔高原，白雪皑皑，即使是炎热的盛夏。

铺开地图，朝着新疆望去，你会看到，在丝绸古道之上有一个叫葱岭的地方，是向西通往辽阔中亚的必经之路。这便是帕米尔高原的栖息地。伟大的塔吉克人，用鹰翅骨削成的鹰笛，正发出风鸣一样的音律，在遍地绵延着沙葱的葳蕤谷地中蔓延。那声音能穿过刺骨的寒风，能越过冰冷邃彻的河流，能让灵魂飘入金碧辉煌的殿堂。你瞧，在裸露的石头阵旁，蓝颜色眼睛的塔吉克人，正守卫在剽悍的鹰隼旁边，用一种淡然的眼神，注视着慕士塔格厚实的冰川之上欢腾流淌着的小溪。溪水像是一条条空明的丝绸，在河石抑或玉石的爱抚下，潺潺流淌。那雪山融化的小溪，便是中国最大的内陆河塔里木河的源头了。圣洁的慕士塔格，像一位银丝缕缕的仙人，在蔚蓝色的苍穹之中，为世世代代哺育新疆人的塔里木河，静静地输送着最甜美的甘泉。

狭窄的谷底中，倔强的小草和沙葱一样，在圆滑的石头缝里坚强地生活着。在雪山冰川融水的浸润下，一片绿意，布满山谷。它们跟随着塔里木河，向着更远的地方，绵延着。一只只野生牦牛，拖着结实的身体，悠闲寻觅着散落在地表的食物。偶尔，你能看到一张褶皱的牦牛皮毛，散落在河畔的山丘之上。你便能想象到，在某个岑静的午后，数只着灰褐色皮毛，面露狰狞的凶恶之物——狼，在饥饿的威逼之下，使出浑身解数，把牦牛按捺在嘴下。

而另一条塔里木河的支流库什河，河水却是浑浊的。在冰川融化之后，附着在冰川之上的堆积物随着汹涌的河水，泥沙俱下。清澈的冰川融水，在泥沙的侵扰之下，变成黄褐色。而随着河流的延伸，或许就在某一个地方，经过长时间的积淀，又回归水流的透彻。而那些堆积的泥土，最终冲积成一片片惹人欢喜的湿地。我曾在内蒙古鄂尔多斯的达拉特旗，看过黄河泥沙积淀形成的湿地，它们的力量是巨大的。甚至在几年里，便能改变黄河的河道。

塔里木河是一条季节河流。也许没人能知晓，河水充沛的塔里木河，会在温带大陆性气候之下，走着走着便改变了河道，消失了踪迹。这个过程是奇妙的。在灌溉了两岸的土地之后，它最终精疲力竭，在某个人所不知的地方，变成一川干涸的河槽。

在新疆，有一种叫做英吉沙土陶的陶瓷，质地细腻，色彩鲜亮。多为清亮的黄褐色和绚丽的深绿色。它们造型美观，花纹多样，曾经作为生活必需品，走进新疆的家家户户。而这种精美的艺术品竟然来自塔里木河。塔里木河河水枯竭之后，裂着口子的河槽，显得荒凉落寞。而总有一些维吾尔族的老人，背着麻袋，穿梭其中。经过河水浸泡和打磨之后沉积在河槽的泥土，是柔和细美的。看似粗砺的泥土，在维吾尔族手工艺人熟稔地加工之后，经过烈火的炙烤，变成了一尊尊精妙绝伦的工艺品。在丝绸之路上，它曾经绝对是紧俏货。

你看，在塔里木河流经的巴音布鲁克大草原之上，一场盛大的实景剧正在上演。实景剧的主角叫渥巴锡。他是蒙古族土尔扈特部的英雄，也是中华大地之上的民族英雄。为了躲避战乱，西迁至贝加尔湖畔的特尔扈特部，常年受到沙皇俄国的欺凌。他们被作为排头兵，一次次出现在沙皇俄国部队的最前沿，替沙皇俄国奋勇杀敌，屡建功勋。在俄土战争中，战争的残酷，让七八万土尔扈特青年魂归异地，妻离子散。英勇奋战的土尔扈特人却没有得到沙皇的赏识。他们被当作外族，不受待见。不但如此，沙皇俄国还强制土尔扈特人接受东正教的洗礼，以求得从宗教信仰中获得同化。英雄渥巴锡随即制定法律，要求族人学习蒙古语，抵制沙皇俄国的文化蚕食。残忍的沙皇俄国变本加厉，他们甚至下令土尔扈特人满十六岁便要参军为沙皇效命。不堪政治欺凌和经济掠夺的英雄领袖渥巴锡，在忍无可忍的境况之下，一声令下，带领土尔扈特十六万人，不畏艰辛，长途跋涉，踏上史诗般的东归征程。而因历史原因滞留在贝加尔湖的土尔扈特人，终究没能逃脱惨痛的杀戮……大清帝国神武的乾隆大帝亦为渥巴锡的东征所感动，在承德避暑山庄，数次接见。从此，回归祖国的土尔扈特人，作为民族之林中重要的一支，幸福惬意地生活在新疆巴音布鲁克大草原。眼前的实景剧，正是还原了渥巴锡东归的这一伟大征程，向世人展现着曾经的艰难和苦楚。塔里木河，用清灵的河水，一代代哺育着土尔扈特人。巴音布鲁克草原之上，穿梭其间日夜奔流的塔里木河，此刻正淋浴着和煦的夕阳，闪烁着碎银子般的亮光，朝着远方继续着征途。

岸边，生而千年不死的胡杨林，在塔里木河流域形成的绿洲之中，枝繁叶茂，树可参天。一堆灼热的细沙旁边，刀郎艺人正激情地演奏着木卡姆。这种用干桑条手工制作而成的乐器，在维吾尔人轻轻弹奏之下，琴声激慨，婉转绵长。一杯杯慕萨莱思，在皎洁的月光下，泛动着红褐色的碎光。彪悍不羁的刀郎人，在木卡姆的演奏之下，翩然起舞。一曲歌毕，人们举起手中晶莹剔透的慕萨莱思，满饮而下。慕斯莱斯，是一种美味的葡萄酒。在塔里木河的灌溉之下，一簇簇葡萄树朝气蓬勃。而用这吸吮过塔里木河河水的葡萄酿造出来的慕斯莱斯，甘甜醇厚，口齿留香。这是大自然的献礼，也是塔里木河的馈赠。

这一刻，我想到了胡旋舞。在盛唐时期，传入中原的胡旋舞曾十分流行。不论在民间林立的店肆，还是富丽堂皇的宫廷之上，胡旋舞都是消遣必备的。传说这种舞蹈出自西域的康居国。在河西走廊的敦煌莫高窟之上，胡旋舞的壁画至今栩栩如生。在诗歌达到顶峰的唐朝，文人写作的素材里面，胡旋舞是越不开的。最著名是白居易的《胡旋女》：

胡旋女，胡旋女。心应弦，手应鼓。
弦鼓一声双袖举。回雪飘飖转蓬舞。
左旋右转不知疲，千匝万周无已时。
人间物类无可比，奔车轮缓旋风迟。
曲终再拜谢天子，天子为之微启齿。
胡旋女，出康居，徒劳东来万里余。
中原自有胡旋者，斗妙争能尔不如。
天宝季年时欲变，臣妾人人学圜转。
中有太真外禄山，二人最道能胡旋。
梨花园中册作妃，金鸡障下养为儿。
禄山胡旋迷君眼，兵过黄河疑未反。
贵妃胡旋惑君心，死弃马嵬念更深。
从兹地轴天维转，五十年来制不禁。
胡旋女，莫空舞，数唱此歌悟明主。

胡旋舞正是通过塔里木河流域的丝绸之路，传往中原。而在白居易的笔下，胡旋舞甚至成了引发安史之乱的原因之一。安禄山用胡旋舞迷惑了唐玄宗，让他沉浸其中不能自拔。以致于最后安禄山的叛军渡过黄河，唐玄宗对安禄山谋反的事实心存疑虑。玄宗逃亡至马嵬坡时，禁军哗变，无奈之下玄宗只得痛赐杨玉环三尺白绫，至此，善胡旋舞的杨玉环自缢而亡。白居易的《胡玄女》，是一首哀歌，但它从侧面彰显出胡旋舞的曼妙和优美，以至于高居皇帝的唐玄宗，也深陷其中。如今，胡旋舞早已成为往事，人们也只能从敦煌莫高窟的壁画里，寻找着它曾经的辉煌。

而在塔里木河曾注入的罗布泊流域的楼兰古国，一直像是一个缥缈的千年美梦，在人们心中萦绕。让楼兰蜚声中外的，是一具出土于楼兰古城的干尸，人们赋予了她一个美妙的名字：楼兰美女。楼兰美女出土的那一瞬间，便惊艳世界。她靓丽的容颜，曼妙的身姿，嘴角的微笑，高翘的睫毛，在历经千年的时光斗转之后，依然令人动容。曾经的楼兰，在塔里木河充沛的流水滋润之下，形成了新疆最美的绿洲。在这个笃信佛教的古国之上，作为古丝绸之路重要的一站，它曾经一度是繁荣的，是富庶的，是辉煌的。如今，在沙漠拥抱之下的楼兰故城，依然能看到高大的佛塔，雄伟的院墙。只是由于塔里木河的改道，罗布泊的干涸，这里被浩瀚的沙漠吞噬。能看到的遗迹，是荒凉的，是颓败的，是疮痍的。散落在故地之上的贝壳等水生动物，让我们有理由相信，这里曾经的碧水连天，水草丰茂。一条河流，改变了历史，也改变了楼兰古国的命运。

塔里木河改道进入铁干里克故道，向东南汇聚到台特玛湖。绵延千里的塔里木河，像一匹匹奔腾的烈马，在驰骋的途中，不断加入。而只要它流过，沙漠便变成了绿洲，一片片胡杨树便拔地而起，一株株绿洲植被便蓬勃生长。红艳艳的片片辣椒，沉甸甸的紫色葡萄，白花花一望无垠的棉花，颗粒饱满清香馥郁的水稻，香甜芬芳的哈密瓜，肉质细嫩肥美的湖鱼，这便是塔里木河的馈赠。它是新疆各族人民的母亲之河，更是塔里木盆地的生命之河。

没有塔里木河，新疆就少了它的本味。而能读懂塔里木河，便能读懂新疆的浩瀚，新疆的豁达，新疆的瑰丽，新疆的壮美，新疆的精神，新疆的一切！

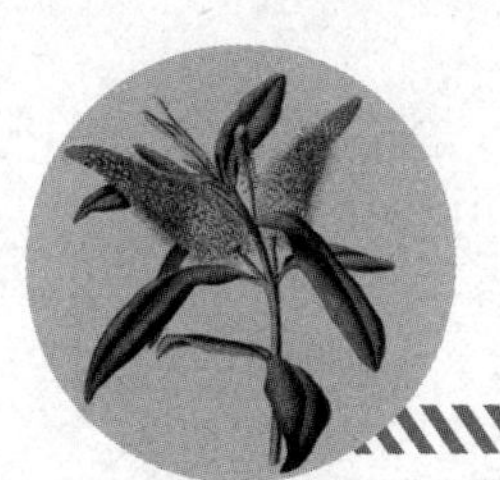

第二辑　故土情深

无论身处何方，有一个地方总令人魂牵梦绕。那里，处处响彻着我儿时的欢笑。那里，有父亲的慈爱，有母亲的关怀，有伙伴的情谊，那里还有漫山遍野的槐花香，还有四处飘曳的蜂飞蝶舞……

不经意间，总会把你忆起。

虽然，故乡在熟悉中日渐显得生疏。

槐树湾

北方的春天总是姗姗来迟。休憩了整个冬天的农人早已经习惯不了冬日的冗长，盘膝坐在温热的火炕上挑拣起了耕播的种子，等待着春风的早日来临。槐树湾在沉默了整个冬日后，睁开惺忪的睡眼，蒙胧的视线里闪现出恍惚的景致。视线里锁定的场景依然臣服在冬天的脚下，一切如昨天，苍茫茫的一片，没有绿色的生机，没有群鸟的啁啾。光秃秃的山野里，一条条白色的小路犹如交织在一起的树根，朝着蔚蓝色的天空安宁地延伸。干枯的枝枝干干兀自出现在峭壁的山崖上，像是凶恶的魑魅之类的小鬼，狰狞的面孔朝着空明的远方张望。而唯独槐树湾的槐树，一棵一棵温馨地拥抱在一起，遮掩住太多初春的空白。穿着羊皮袄子的汉子，双手相互插在厚实袖筒里。别在腰带上长长的拦羊铁锹像一支威武不屈的红缨枪，要将天空捅开一个大窟窿，好将温暖的春风迎进来。

其实，春天已经在悄悄地来临了。

在杂草丛生的枯草堆里，那鲜艳的嫩芽带着薄薄的绿色露出玲珑的小脑袋，借着枯草的包围，抵挡着初春寒风的凛冽。渐渐地，在炽热的太阳一跃而起的时候，小草都像刚刚出世的婴儿一样，活泼地在土地上喜悦地玩耍。大地的枯黄就要被这富有生机的绿色代替了。

槐树湾阳洼洼上的黄蒿草林中，新草正在迈着势不可挡的脚步迅速占领了阳光所能及的地方。一片片，一丛丛，在壮实的槐树的庇佑下，率先宣布脱离冬天的管辖，大踏步地走进春天温润的怀抱中，奏响了一个崭新的季节开场的序曲。槐树湾的先驱者，总是最早带来能引起人注目的讯息，最早驱赶走弥漫在大地上的荒凉，带领着整个世界新的生命力，走向更加辉煌的时节。

当我的脚步触及到槐树湾惊慌失措的云雀之后，它们似乎依然沉浸在暗绿色的树影下，左顾右盼，期待着寻觅到新的食粮。我在树影的一旁弯下身来，土地的浓郁与躺在槐树湾脚下的河水组合成一帧美妙的画卷，很融洽地与云雀的假装镇定交合在一起。远处，黑黝黝的庄稼地里，田埂上休憩的老农点燃了呛人的旱烟锅子，像是一个活灵活现的稻草人，享受着短暂的爱意。

再过数日，当我坐在槐树湾的时候，太阳已经跨过山头悬于人们的头顶，影子被太阳控制成小小的圆点踩在脚下。梯田里劳作的人们，仍然没有回家的打算，举起沉重的镢头梳理着雨后松软的土地。腰间挎着竹筐的妇女，跟着汉子的脚步，娴熟地将竹筐的种子播种在镢头挖开的口子里。汉子干脆脱掉身上的衣服，单薄的躯体上，汗水顺着黝黑的肌肤滴落在深色的土地上。挎着竹筐的妇女在汹涌澎湃的汗水的攻势下，衣服紧紧地贴在身体上，浑身的娇柔就极不情愿地赤裸裸地显现出来。

一两点的骄阳火辣辣地炙烤着劳作的人们。三三两两劳作的农人结伴来到槐树湾，人们坐在一起，啃着随身携带的干粮，有说有笑，槐树湾此时又成了农人的乐园。干粮大多为干馍块、干窝窝，于是，关于这家种啥那家种啥的讨论伴随着咬干馍馍的喳喳声，在槐树湾蔓延开来。

偶尔有槐花掉落在谁家媳妇的头上，便惹来了一阵阵哗哗的笑声。笑过之后，所有人如梦初醒一样盯着遍布在槐树上洁白的槐花，无疑，槐花已经在人们的劳作中悄然绽放，而槐花绽放的时候，又为缺少蔬菜的季节带来了必要的补充。人们开始在热闹中爬上魁伟的槐树，将雪白的槐花摘回家，当作这个青黄不接的月份最美味的食物了。

疲惫的夕阳缓缓落下山头的时候，云彩被烧成了五颜六色的炫丽光芒，将大地涂抹成彩色的画板。槐树被缥缈的炊烟笼罩起来，烟岚在流云的照耀下，就更显得有一番别致了。

嬉闹声在鸡鸣犬吠的催促下响彻整个槐树湾，散播着童年天真烂漫的孩子们，似乎在槐树的遮蔽下，又在迎接着崭新的未来了。

槐树湾，却静悄悄的，只是微风过处，树影沙沙响，槐花飘香！

远去的小河

小河，已在我离开家乡的某个夜晚悄悄远去。

后来，每到一个陌生的地方看见与小河差不多的河水，我的脑海中总会不经意出现小河的模样。似乎外面再美丽的河流，再惹人陶醉的河流，都远远比不上村东头的那条小河。

初冬到了，萧索的景致就日渐爬上了这个北方的小城。郊区一方方恬静的苞谷，在冷清的早晨，耷拉着的长穗没有任何的朝气。晨曦暗淡地钻在苞谷田地中，抚慰着它朽败的境况。昏黄的炊烟和着布谷鸟的啁啾，在拖拉机的轰鸣中，似乎在隐隐地吟唱着一首淡然的歌曲。晨曦安静地平躺在小河的上面，远远望去，像一面镜子一样，十分耀眼。河畔经年让河水冲刷的光滑的石头，上面栖息着片片落叶。麻雀轻轻地跳跃在落叶上面，叽叽喳喳，在寻觅着什么？小河里面的水，多了起来。夏天的时候，大多的河水都被村民拿去浇灌河边嫩绿的园子。现在初冬了，小河里面的水像是一个丰满的少妇，安宁地卧在狭窄的河床中，闭目养息。小河一年四季也就初冬的这几天最欢快了（春夏秋的河水，都要去浇灌园子，深冬则变成敦厚的冰地。）偶尔落叶被风刮落在小河的上面，惊起一圈圈淡淡的涟漪，河水中的倒影也随着涟漪缓缓地动荡起来。杵在河畔深沉的老柳树，爬在石崖上调皮的榆树，安在泡桐树梢温暖的鸟巢，都清晰地随着涟漪慢慢抖动。小河就欢悦了，它扭动着优美的躯体，涓涓地流淌在河沟里。放假的伙伴们蹲坐在河边的石头上，手中捉着暗绿色的青蛙，一声声欢笑时时穿梭在河沟中。

小河最宽的地方是在低畔上。一到初冬，村里的媳妇们三三两两不约而同地挎着箩筐赶往低畔上，挑选一个合适的地方，弯下腰开始漂洗丰硕的大白菜了。园子里，采摘完的大白菜整整齐齐地码放在田畦边的水道上。白白绿绿的大白菜像是一堵堵魁伟的老城墙，断断续续地出现在园子中。谁家的媳妇脊背上还爬着半米高的娃娃，躬身拿着残月般的镰刀娴熟地割着尚未采摘的大白菜。平车小心翼翼地行走在园子上，拉车的男人紧绷着脸庞，生满茧子的双手紧紧握紧平车的把手。飞舞的蜜蜂不时嗡嗡地环绕在男人的身旁。悬挂在半崖上的野酸枣，那枯黄的枝条像是伸向天空的臂膀般强劲有力。枝条上红得鲜艳的酸枣子，透着淡雅的微笑，窥视着河畔的凝重、苍茫、喜悦。

小时候，我倚在爷爷的身旁，双手指向小河消失的地方，问爷爷小河要流向哪里。爷爷无奈地笑了笑告诉我小河将流向天的尽头。老实巴交的爷爷，只知道耕耘在他几亩丰腴的田地里，哪能知道小河的最终宿命。

小河流向哪里？是流向天的尽头吗？

远离故土的我，如今日日形单影只地行走在纸醉金迷的都市中，再也没有机会匍匐在小河的怀抱中，听着小河淡雅地歌唱，看着小河温文尔雅地蜿蜒了。

小河，远去的小河，我在远方轻轻地将你忆起。你是否依然能记得儿时不善言语的我在被父亲训话后跑在你身边低声的抽泣，你是否依然记得我脱光衣服沉浸在你温暖的体温中与你的肌肤之交，你是否依然记得我将从山上摘来的青色的酸枣子扔在你的身上欢呼雀跃地狂叫，你是否依然记得一个下着雨的午后我跑在你面前告诉你我喜欢上了邻村的小女孩的秘密。太多的太多，你都豁达地敞开自己的心胸，接受所有的一切，喜怒或者悲伤。

初冬的小城，冷空气笼罩着空透的天空。我又想起你了，想起了渐渐远去的你。

那夜月光明

我一时还想不起来，哪里的月光能比得上故乡的明朗、皎洁！

那些晚上，细细碎碎的像是从透明的天空中倾泻而下的月光，一大片一大片地铺满我幽深的心房。我依靠在窗前，碗口粗的白杨树上，稀稀落落的叶子依依不舍地悬挂在早春的枝丫上，在夜风的抚慰下委实撩人。那个乡下的月夜呢？

月夜，是印象中乡下最迷人的时刻。这个时候，故乡有着身居闺房的姑娘一般的尔雅羞涩，它在夜色中娇羞地闭上双眼，享受着短暂的清闲；故乡有着孩子一般活脱脱的活泼可爱，在夜色中打起长长的呼噜，又在一声犬吠中渐渐平息。我却偏喜欢在月光疏疏落落地洒满整个世界的时候，从睡梦中起来，投入月色温馨的怀抱，踩着处处彰显的宁谧与幽静，沐浴在天地间，吹起悠长的口哨。

黑黢黢的老槐树上，猫头鹰的眸子紧紧地盯着远方迷蒙的山色。那凝聚着夜光的眸子里，阴冷与恐惧的神色，为宁静的月色增添了不少的恫吓。扑哧一声，猫头鹰旋即展开灰色的翅膀，在月光下舞动起美妙的弧线，倏忽间便飞向山那边的沟谷中去了。我怔怔地望着没有猫头鹰栖息的老槐树，似乎瞬间就少了一分韵味，增添了几分清冷。我禁不住打了个寒颤。是呀，没有猫头鹰的陪伴，那苍老朴实的老槐树，该是怎样的孤苦！

我缓慢前行。

村东头的核桃林，硕大的树叶，紧紧簇拥在一起，悄悄议论些什么，不时，就响起了一阵阵不绝于耳的掌声，抑或是一场盛大的会议吧！我赶紧转身走过，坐在暗黄色的磨盘上。枯黄的磨盘上面，我似乎又淡淡地嗅到了谷子的芬芳，嗅到了麦子的香醇。月色被高大的核桃树割碎成不规则的形状，安然地贴附在我的身上，像是一件花哨的粗布褂子，穿过时空的隧道，穿在我这个夜游神的身上。一阵缓慢的脚步声惊醒泰然自若的我，我听见，那脚步声，浑厚有力，却是一脚重一脚轻。踩在地上，似乎一边在攻击，一边在安抚。我知道，是张大爷。张大爷早年参加过文化大革命的武斗，不幸子弹正中他的大腿，从此，留下了跛脚的后遗症。

我说，张大爷，这个时候，你起来干啥？

张大爷用手拂去石磨上的细柴烂叶。一股浓稠的旱烟味儿从我的身边飘来。他在石头上磕了磕已经熄灭的烟锅，捡起一根小柴棍棍，将黑漆漆的烟锈从烟锅中小心翼翼地抠出来。

睡不着么，你个龟孙子，半夜三更的不好好睡觉，出来做甚？张大爷嬉闹着说。那些溢满张大爷脸庞的皱纹，像是这漫无边际的黄土高原一样，千沟万壑，山影婆娑。随着说话时嘴角细微地抽动，他下巴上足有四五寸长的花白胡须，调皮地跃动着。张大爷捋了捋，噙住暗绿色儿的玉烟嘴，吧嗒吧嗒开始抽起来。那细小的火星星，在月光下忽亮忽暗，像极了天上抛洒着的星星儿。

我也睡不着哈，想出来溜溜。我回答道。

张大爷不动声色地坐在石磨上，什么话也没说，那张铁青的脸上，凝聚起来厚实的浊云，像是岁月停留在他身上不可抹去的印记。张大爷略显呆滞的目光，朝着塬上沉默地注视着，那里正是当年武斗集合的地方啊！

爷孙俩，就这样坐着，悄无声息。只有那耐不住寂寞的青蛙，扯出几嗓子悠远的鸣叫，传向山沟沟里那万丈高的崖壁上去了。张大爷嘴唇微微抖动，我知道，在他眼睛里，那些充斥着悲壮与愚拙的往事，正像电影一样，在缓缓铺展开一个个逼真的情节。

谁家的公鸡叫头响了，月亮也缓缓地朝着山头隐去。残留的月光，在暗黑的光色中，活像冬日里一场痛快淋漓的大雪，亮晶晶地铺满北国冷峻的黄土地。

那夜月光明，照的人心旌荡漾眼睛里明！

那山槐花香

偶尔，斜倚在褐红色的落地窗前，注视着视线中依次出现的车水马龙霓虹闪烁的奢靡景致，一丝一缕暗自的忧伤便在分秒中迈着急促的步伐奔突而来。年少已逝，我听见不远处横亘在水泥森林中间一声声撕裂的怒吼在都市杂乱的聒噪中隐隐作响——那些迷失在冰冷的边城里炽热的情怀与爱恋的纯真，它们再也不能在这个物欲横流的世界里独占鳌头，相反，却只能萎缩着瘦弱的身体栖息在澄澈的河水中，孤独、落寞、憔悴、黯然……

落日的余晖在河水中泛着碎银一样夺目的光艳，我远远地观望。在那棵棵人工栽种的刺槐树河柳树娇嫩的叶子缝隙里，一些细碎的花蕊披着晚霞绚丽多彩的外衣欢喜地飘扬。唯独与记忆中那山浓郁槐树林子不同的是，缺少了一串串清脆的鸡鸣鸟叫，便让这城里的槐树少有了故乡那山槐树的坚韧，挺拔以及孤傲。

突然，在我视线所能及的范围里，一对十六七岁的小情侣，倚靠在汉白玉栏杆上肆无忌惮地接吻。我长长叹了一口气，倏忽间，漫漶的视线中一个穿着红格格布衫的姑娘闪入我的瞳孔！她端庄清秀，贤淑素雅，一头短发精神地随着偶起的闲风调皮地舞动。多像我年轻时爱慕的姑娘呀！

那年，粉白色的槐花像冬日里厚厚的积雪一样重重地覆盖在蓄养了一冬锐气的槐树上。春风习习而来，漫山遍野的苍茫景象被触目可见的嫩绿色所替代。阡陌间，一摊摊葱郁的小草迎面扑来，带着清新的泥土芬芳。耐不住槐花浓稠的芳香的诱惑，我迅速爬上婆娑的槐树。点缀在绿意中密密麻麻的花蕊散发的清香更加浓密了。我摘了一束，放入嘴里，甜甜的，略微带着星星点点的酸涩，槐花的味道更加让人垂涎三尺了。

一阵浓重的凡士林味儿朝着我扑面而来，我略微低下头，斜视着坐在槐树下女孩的芊芊靓影。女孩穿着红格格衣衫像一团灼热的焰火突突地燃烧，她正昂着头朝着我淡淡地微笑着。粉嘟嘟的脸蛋上洋溢着灿烂的和悦。以至于，深陷其中的我一不留神滑下槐树，跌了个四脚朝天。幸亏跌在了葳蕤茂密的草地上，只在胳膊上擦了点皮儿。我压着疼痛的胳膊，不好意思地乜斜了她一眼，好一个娟秀的姑娘呀！她忙跑过来，拿出干净洁白的手绢，远远地攥着轻轻地朝我胳膊上擦拭。我坐在草地上看着她绯红的脸蛋心里暗喜。从此，心里便多了隐隐作祟的思念。那浅浅的思念，交织在我少时朦胧的心间，煞是让我闹心。

这种闹心，直至我在那高亢的唢呐声中才瞬间朗润开来。红衣衫姑娘定了娃娃亲，十五岁那年，在锣鼓震天的喧嚣中骑上毛驴远嫁他乡。我站在村口，似乎清晰地看见，头上罩着红纱的她，正朝着我甜甜地微笑。那头黑白相间的毛驴身上，一身喜气的红色将我从思念的束缚中因了一声高过蓝天的叫喊挣脱出来。那团火一样的红，消失在绸带一样缠绕着远山的小路中，渐渐模糊……

时至今日，我依然清楚地记得姑娘脸上荡漾起来暖阳般温暖的微笑。我回头望去，红格格布衫的姑娘早已消失在视野中，只留在那对年少的情侣，在苍翠的刺槐树下紧紧地拥抱在一起，演绎着又一段年少的故事！

那山槐树，该又开花了吧，满山飘香！

从无定河边走过

河畔，是灰蒙蒙的。

没有任何生机。干枯的树叶零散地洒落在荒莠之上。还有部分调皮地悬挂在沙坳坳的红柳上，微风吹来，跃起了阵阵舞蹈。夏季里茂密的植被已经不见踪迹。只剩下光秃秃的河畔，裸露着身骨，哆嗦着、安静着。

这样的场景，充斥着我麻木的瞳仁。

似乎，一场冰冷的寒霜就要来临，要不然，无定河畔岂会如此的安静！

我见过无定河发威的时候。那些年，每年夏天，它都要耍一次威风，怒发冲冠地爬上河堤，淹没长势正旺的菜地，然后兴冲冲地甩袖远去。给人们留下的尽是长长的悲叹，这短命的无定河！可骂归骂，无定河每年例行的军事活动还是要进行。等这场洪水一过，老百姓的盼头便来了。男女老少，无论大小，都挽起裤腿，走进淤泥里，为漫长的冬天积攒那从上游冲下来的柴火。人们吼的吼，拉的拉，好不热闹！一垛垛柴火就在雨后渐晴的天气中，被积攒起来。尚未被人力车拉走的柴火，垛在无定河畔，像是向那河水炫耀战利品似的。忙碌了几天的人们，脸上刚刚挂起了彩虹般绚丽的笑容，又开始瞧着被淹没的菜地发愁了。转战回来的人们立即投入到了菜地里，躬着身体，一株株将菜从淤泥中抠出来。家家户户的炊烟中，都弥漫着淡香的菜根味儿了。从大铁锅中挑几个煮得软绵绵的菜根，圪蹴在那如豆粒般大小的油灯前，蘸着星星点点的盐粒儿，咀嚼起来。浮游的水气弥漫在整个窑洞里，我不识你，你不见我，都安宁地啃着。灶火里柴火扑哧哧的喷火声，交融着咀嚼菜根的唰唰声，月光就透过残破的窗纸上一道道口子，照射进来。一束束或方或圆的光亮，在窑洞里交错辉映。这时整个无定河畔的小村庄都安静了下来，只有在窑洞里摇曳的煤油灯，乐悠悠地跳动着一支支曼妙的舞姿。渐渐地，犬吠不绝于耳，家家户户走出院子扔那咀嚼后的菜茎茎。邻里邻居的，就探过院落里一米多高的石墙，端着扔罢菜根茎茎的老瓷碗，说一些家长里短的话。多是问你家捞的多少柴火，或者淹没了多少菜地。

雨后稍停，闲不住的孩子们就三五成群地奔向无定河畔，赤着脚踩着泥沙，不一会儿，一串串宝珠似的脚印就在河畔蔓延开来。偶尔谁家的小孩无意中看见搁浅在岸上奄奄一息的小鱼儿，所有的人都欢呼着跑过去在泥沙中挖一个坑，双手展开握成勺子状，朝着泥坑里面舀水。等水差不多了，留守三两个在水坑前照看，剩下的朝着四方跑开来，一双双炯炯有神的小眼睛盯着厚厚的泥浆搜索着小鱼儿。往往能在很短的时间内，抓到多半已经呜呼哀哉死掉的，少半尚有一丝微弱气息的。不知谁说了一声烤着吃鱼儿，河畔便像捅了马蜂窝一样，炸开了。你去家里偷偷拿点盐粒儿，我去家里偷偷拿点辣椒粉儿，他去家里拿一包火柴，剩下的四处抱来柴火，将鲜嫩的小鱼儿插在扒了皮的榆树枝上，等待着一顿荤菜尝鲜。那个年代的庄户人家，一年到头也只有在过年时称上一二斤猪肉，吃顿荤菜。其余的时间里，大多拿酸白菜、野菜充饥，饭碗里找不出丁点的油花花。一袋烟的功夫，孩子们就津津有味地吃起来半生不熟的烤鱼儿。无定河缓缓走过孩子们的身边，脾气小了许多。像变成了闺房里的大姑娘，一言不发，似乎在为自己的罪行忏悔吧！

那样的年代里，即使不爆发山洪，无定河畔的人还是很多。人们踩着翠嫩的芳草，哼唱着抑扬顿挫的信天游曲儿，提着柠条子编就的筐子，举目四望，拔猪草，挖野菜。无定河流淌过的地方，成片成片的柠条子长势极好。每到春夏之交，那粉红色的花蕊散发出的幽香，在田间地头飘荡。农闲下来，将柠条子细长的枝条砍下来，编些筐筐笼笼，填补家中物什的不足。河畔由于水源充足，花花绿绿的草子像绿地毯一样，铺满无定河绵延数十里的河畔。喂猪的庄户，就拿着筐子，专挑猪喜爱吃的野草，填补猪食的短缺。更多的是挖野菜的，春风一过，那嫩黄的野菜一股脑全都钻出地面，一株株争宠斗艳似的，盼望着人们挖回去，实现自己的生存价值。人们盘腿坐在河畔葱茏的柳树下面，抽几锅旱烟，唠一通闲话。仲夏的河畔可是人们劳作休息的好去处，听着悦耳的流水声，群鸟的啁啾，几锅旱烟过去，倦态的身体也舒展开来。讲一些过往，唱一阵歌，在烈日炎炎的夏日里，河畔上却多了些清凉热闹的味儿。无定河畔，早已不是战乱纷飞狼烟四起的年代，不是白骨累累横尸遍野的地方，不是兵戎相接群马嘶鸣的战场。人们坐在柳树硕大的翠冠下，将那些年月的峥嵘往事，如数家珍地搬上话茬……

我走过无定河。我倒以为是因为寒霜将要来临，才显得这般凄楚。当我朝着当年葱郁的柳树林望去，光秃秃的河畔上，已经辨不清当年柳树林驻扎的地方。四野里，一片狼藉。坍颓的土墙，杂草丛生的院落，荒废已久的菜地。哦，我的心里瞬间明朗起来，我追寻的那些记忆中的景致都已随风而去，像那日日夜夜流淌的无定河水般，悄无声息。

我的烂菜根，我的烤鱼儿，我的童年呀！

我已觅不到你的身影。举目四望，远方那一幢幢拔地而起的楼宇，岂能有你那般壮阔！

一把挂面

渐渐的，藏匿在记忆中的某些桥段在眼前若隐若现了，那棵矗立在山神庙前硕大的黄杏树上，爬满苍茫的筋脉的枝条将朝着深远的天空冷漠地伸去。仿佛儿时遗留在树下的儿歌，奇妙地出现在枝干中腐朽的渣洞中，混着清冷的犬吠低声地鸣唱。这一种大气磅礴的情怀，在所有的植被被冬风侵略的初春，袭面而来。

走近了你，仿佛才亲近了张家山泥土浓稠的芬芳。我似乎隐约感觉到，一些被冷藏的往事，都在眼前冒出小尖尖来，是那么逼真，那么亲切。我放慢脚步。闭上眼睛轻轻嗅着这来自故土沁人心脾的醇香。仿佛整个身体瞬间置于缥缈的仙气之中，所有的经络都张开蒙眬的双眼，注视着这古朴的小村庄。我又看见了那是谁家的院落里，撩起来的一如瀑布般从高空中倾泻而下的粉白的挂面条子。远远望去，这种让眼前突然一亮的挂面，又像是刚出浴的美人脊背上顺势而下的长长发丝，柔顺、自然。而长期处在聒噪麻木的城市生活中的我，却一下子重重地坠入在那片长长的挂面墙中，懒散地迈着臃肿的步伐。

我依然清晰地记得，在这个名不见经传的小山村里，却出奇地生产出一种闻名全国的手工挂面。它曾经伴随着我成长的脚步，哺育过我贫瘠的少年时代。

在那个饥荒的时代，母亲每次从这个村庄走出，总会在粗麻布包子里背上二三十斤手工挂面当作主食。我的眼前，似乎又浮现出这样的场景：某个夜里，我们姊妹四个围坐在热乎的炕头上，目不转睛地看着蒙蒙的雾气里，母亲一边拉着风箱一边朝着灶火添加柴火，我们都在等待着母亲放下手中的活，揭开锅给我们捞挂面。没几分钟，在暗淡的煤油灯下，我们便静静地围坐一团，津津有味地品尝美味佳肴——清水煮挂面。

这样的情怀，像流溢在黄土高原那光秃秃的丘陵之中素雅的流云，流转至今。我抬起头，张家山手工挂面的记忆像是初春土地上的草尖一样，争先恐后地破土而出，露出了欢快的脸庞朝着四野弥漫开来。

我的思绪停留在那一卷卷泛黄的史册中，寻觅唐朝史册中那最早关于挂面记载的文献资料。挂面产生于边关战乱年代，作为一种军粮在边地迅速普及开来。最早记载中称为须面。千百年来，挂面始终是寻常百姓餐桌上最叫得响的一道家常饭，可见其受欢迎程度。而伴随着新兴科技的发展与工厂应用，更多的挂面是在一台台日夜不息的轰鸣的机器中生产出来。而故土张家山的挂面，依然承袭着祖上的传统手工制作工序，一代一代经久不息。我不禁感叹，这难能可贵的原始制作流程能原原本本保留下来，难道不正是一种民族文化的继承？被高科技占据的这个年代里，一些被时光遗弃的往事，却像挥散不去的流云一样，固守本性。

一抹抹清淡的浓香占据着我的全身，我仰视而去——谁家院落新挂起的挂面，正在眼前扭动着唐朝边关一曲盈满威武慨然的战地舞。而这样的人家，显然没有儿时那会多。

远处高高的山头上，萦绕着山腰的流云，从山顶一直蔓延到山腰。清晨暖阳的和煦，曼妙地出现在每一寸肥沃的黄土地上。

碾道

一棵参天的老槐树，端溜溜地插入云霄。树影婆娑，枝繁叶茂。槐树，成了碾道的守卫者，即使如今碾道已颓靡不堪。

当我的视线再一次触及到这棵记忆中的老槐树时，它的枝干，如同与我进行着故友般的对视。老槐树下的那幢老房子，墙体斑驳，杂草丛生。曾写在上面的标语，已经随着岁月的流逝脱落。而那标语，却像錾刀刻在我心底一样，不曾消失。

老房子旁的走廊，早已无人可行，密密匝匝的蒿草，生长其间。走廊边沿用石板累积起来的石桌，是当年从田里劳作归来的村人们必歇的地方。夏天，借着老槐树清爽的阴凉，这里总会有村民闲散地坐着拉家常。冬日，当和煦的暖阳轻轻洒在老槐树下时，汉子们三五成群，蹲坐在一起打扑克，下象棋。这里在一年四季中，从不缺少熟悉的乡音、质朴的面庞。

走廊下，是一盘石碾。石碾立于何时，已无人知晓。爷爷告诉我，在他小时候，石碾就已经在此。此后数十年，石碾一刻都没有停歇。不是这家在碾小米，就是那家在碾黄豆钱钱。

伴随着碾道变老的，还有碾道边的那棵老枣树。如今，老枣树因阻挡通村路的修建，已经退出历史舞台。也只有在记忆中，才能寻得那棵老枣树上挂满的欢声笑语。

有石碾，有走廊，有槐树，有枣树，于是，人们亲切的将这一片三四十平方米的地方称之为碾道。碾道旁的石窑洞，已历经百年。窑洞前，用石板裹起来的前院，古朴素静，颇具雅风厚韵。可以说，碾道一带，是整个村子的灵魂所在。它们年代久远，是包括我以及父辈、爷爷辈几代人共同的记忆。

犹记得，我那时年龄尚幼。自大的我带着妹妹，也学着大孩子朝着土蜂窝内扔了几块土疙瘩。瞬间，蜂群朝着我们俩直扑而来。我拉着妹妹拔腿就跑。我们的头上、脸上、身上爬满了土蜂。一阵阵刺痛，像刀割一样，在身体各处出现。跑到碾道时，坐在碾道闲谝的村人们见状马上投入了救治之中。他们顾不得身上土蜂的叮咬，把我和妹妹夹在胳膊肘内，越过碾道，跑至村里的小河边，一瓢一瓢把河水往我们身上浇。后来的村人手中拿着洋碱，在我和妹妹头上被土蜂蛰过的地方涂抹。一场土蜂追击战终于在村人们的帮助下，告一段落。而营救我们的人们，却或是嘴角，或是额头都留下了土蜂的战绩。如今，那段记忆已经变得漫漶。甚至哪些村人参与了，我也记不起来。心间，留存下来的自责，随着时间的久远，却愈发沉重。自责之余，是内心对于村人的深深谢意。他们中的许多人，已在某时，永远的离开了我们，离开了碾道。

碾道沉默着，它已经见多了这样的场景。许多人，在它身边走着走着，就没了身影。而它自己，仿佛成了亘古的存在，一次次见证着一部分人的老去，另一部分人的到来。所有的悲欢离合，碾道深记于怀。

碾道的另一个功能，是拉近村人之间的关系。哪一家人前来碾道碾五谷，凡是在碾道的人都会自觉加入，人们轮流推动石碾子，很快就能把需要碾碎的谷物碾好。时间长了，互帮互助，就成了碾道的另一道风景。

村子里的新闻，也总是从碾道传播出去的。谁家的绵羊下崽子了，谁家添置了新家具了，谁家忘交地税了，谁家的虎娃不慎从崖上跌下来了……似乎村子里发生的所有琐事，都在这里得到了最好的传播。

去水井挑水，碾道是必经之地。那时候还没有自来水，每家每户家中都会有几只黝黑的粗瓮。粗瓮里放着的是全家人畜的用水。每到晨曦落地，最先从碾道传来的，一定是铁桶碰撞的声响。人们排着队，秩序井然地用扁担挑起水，晃晃悠悠地经过碾道，直达家中。可以说，村里的早晨，是从碾道上铁桶的吱吱呀呀的碰撞声开始的。每当碰撞声停止，那缥缈的烟岚，就顺着各家的窑洞，飘曳起来，如一层半透明的薄纱，轻轻笼罩在碾道的上空。

碾道的热闹，是从中午开始的。

每到中午，四面八方赶来的人们，总会在一声声打情骂俏中，融入碾道。碾道，像是一个竖着耳朵的倾听者，将所有的话语，悄然间吞食、镌刻。这些情景中，最让人铭记的，是抓虱子。那个时代，人们生活贫瘠，自然家庭卫生得到的关注就要少一些。每到中午，当母亲的总会拿着篦梳，在女儿乱蓬蓬的头发上一次次梳过。每梳一次，总会有虱子从篦梳上带下来。当母亲的总会把虱子放在拇指甲间，用力一挤，在一声脆响后，结束虱子的生命。人们彼此习以为常，没有言语间的讥讽，因为那时，似乎所有人的头上、身上，均会藏匿着数量众多的虱子、跳蚤之类的小生物。当田地里的艰辛劳作暂告段落，就是追杀虱子、跳蚤的最佳时间。年老的老人，也会把脊背靠在老槐树上，上蹭蹭下蹭蹭，以期达到最舒服的状态。

从中午开始，碾道的热闹，要持续到夜晚很久。为了节省煤油，村人们大多会顶着月光不约而同地来到碾道，继续着白天没有诉说完的故事。

在碾道，就算最复杂的事情，也能在众人的帮衬下得以解决。这也是碾道带给人们的又一生活福利。

如今，当我远离碾道十多年后再一次回到它的身边时，它的变化令我吃惊。碾道再也不是那个被人们津津乐道的地盘了。它在岁月的流转中，已变得面目全非。碾道边的石窑洞，早已没了人烟，一片颓靡。就连人们钟爱的石碾，也蒙上了厚厚的尘埃，不再受人追捧。是啊，时代在发展，社会在前进，我们前进的同时，总会将一些东西遗忘，甚至丢弃。而今，为了更好的生活，村子里青壮年，大多都已在城市渐渐扎根，村子里只剩下和老槐树一样形单影只的老人坚持用生命中最后的时光，守候着这里的一草一木，一石一瓦。

触摸着碾道旁依然坚挺的老槐树，我的内心如麻。倏忽间，有热泪从脸颊滑落。我仿佛又看到了碾道那热闹朝天的景象，一切，依然清晰、明朗。

乡村槐花

每年春天，地处黄土高原腹地的陕北在经历了漫长的蛰伏期后，终于在一场春风到来之际，显露出漫山遍野的新绿。先有枯草覆盖下探出小脑袋的苜蓿芽儿，不几天，那灰褐色的槐树上，也开始被春姑娘涂抹上了稚气的新绿。

槐树，在陕北高原之上，是一种随处可见的树种，而且槐树多是出现在荒地的。庄稼人不希望把槐树栽种在庄稼地的边边角角。槐树生命力极强，一旦庄稼地边有槐树出现，往往肥沃的黄土地也会在一夜之间变得瘠薄。它的根须，会向着庄稼地四处弥漫。凡是根须触及的地方，土地的营养便被它吸收殆尽。

陕北的春天，是温婉的。当然这个温婉是相对于漫长的冬天来说的。在远离了北风肆虐的冬季之后，陕北的春天，带着崭新的面貌，出现在人们的视线。以往荒凉的土地，也会在和煦的暖阳的亲抚之下，变得葱郁。而坚挺地驻扎在沟沟岔岔，坡坡洼洼荒芜之上的槐树，在目睹了润白的杏花和粉嘟嘟的桃花之后，也把芬芳的槐花，奉献给人们。不同的是，你不但可以欣赏那满树槐花的妖娆，还可以把槐花搬上热炕上的饭桌。

记忆中，当槐花满树满树绽放的时候，静谧的村庄突然就变得热闹起来。孩子们紧紧伴随在父母身后，选择一棵开得旺盛的槐树，细心地采摘下每一束白色的槐花儿。不一会儿，在枯黄色的簸箕里，便盛满了精灵般的槐花儿。

小的时候，我总是挎着柳木筐子，踩着绿油油的草子，选择低矮的嫩槐树枝，挑选最大的槐花。这个时候，父亲总会在我身边说着同样的话：不要把枝子扯下来，别伤着枝子。我也总是遵循着父亲的教诲，小心翼翼地采摘着槐花。那时候，不知道父亲的真正用意。现在回想起来，老实巴交不识一个字的父亲，却有着极强的环保意识。他是不希望我孩提的粗鲁，毁掉明日成为栋梁的槐林。槐树枝干是极好的木料，由于生长周期长，枝干密度高，所以用槐木做成的家具，要比柳木或者其他木材耐用得多。

采摘回来的槐花儿，多是连同连接着槐花儿的嫩茎条的。母亲端坐在院落的碌碡之上，小心翼翼地把槐花从茎条上摘下来。和母亲说话的邻里，也是多和母亲一样，做着同样的活计。而我们很少参与这样的细活儿。往往摘上几串便没有了耐心。叫上几个小伙伴，去田间拔刚露出嫩芽的苦菜，玩过家家的游戏。田间地头，不时会有我们突兀的声音撞击在逼仄的红崖上，形成雄浑的回音在沟壑里盘旋。

母亲将采摘好的槐花冲洗干净和土豆擦成的细丝搅拌在一起，然后在加上几勺面粉再次搅拌，最后放在蒸笼上。陕北人叫这种时令吃食为山药槐花丸子。安置好一切，盖上用高粱秆做成的锅盖，哒哒的拉风箱声，便在暗黑的窑洞里响起来了。只一小会，那扑鼻的浓香，便顺着村子流溢开来。每家每户，在落日金色的余晖爬上窑洞的时候，馥郁的山药槐花丸子便同时成熟。盛一瓷碗山药槐花丸子，放一瓣蒜，滴点辣椒油，是春天陕北人最惬意的享受。香甜的槐花在这个炫彩的傍晚，浸染着村庄每一个家庭。

春天的陕北，饭桌上依然只有单调的土豆、干豆角和酸菜。而槐花的到来，让陕北人的食材渐渐丰富起来。此后，有漫山遍野的苦菜花儿，有鲜嫩美味的苜蓿叶子，有更多可以调剂生活的野菜，随着时令的推移，走进窑洞，走进陕北的千家万户。苦焦的陕北人，再不用担忧饭桌的单调。时间，会赐予陕北人更多的美好。这些上天赐予的食物，哺育着一代又一代的质朴淳厚的陕北人。

父亲，终究没能守卫住亘古的高原，选择在一个夜里，悄然离世。父亲的离开，似乎让我距离黄土坳里的那个小山村，愈加远了。如今，已有好多年没有看到槐花，更别提能吃到儿时的美味了。而留存在记忆中那抹香甜的味道，却时常在我的眼前摇曳。

多想选择一个春天的清晨，带着一缕风尘，从城市出发，再去和我曾采摘过的那片槐树，来一次澄澈的相遇。而春风浸润下的那畔槐树，必然早已参天，成长成一阙葱茏的蓊郁，在微风中，窸窸窣窣地诉说着曾经的流年。

漫步驼城

你终于看见了，骆驼一样的沙丘冷丁丁地出现在你的面前，一座魁梧的寺院就雄踞在山的顶端，琉璃瓦，红砖墙，一派庄严肃穆。沙丘光秃秃的，散落着些红皮肤的沙柳树和浅绿色的沙蒿草，绸带一样的城墙挺拔地横亘在沙丘的中间，将沙丘顺着山势分割成两块。远远地可以望得见，寺院的门匾上写着苍劲有力的三个字：无量寺。这个时候，驼城的面庞就开始渐渐显露在你的视线里了。一些兵卒的身影也在城墙上面若影若现了，首先清晰地望见的是舞动在城墙上面彩色的旗帜与镌刻在瓮城门洞上面的镇远门三个大字。无情的岁月已经洗刷掉镇远门这几个字的一些笔画，城墙门洞内墙壁上贴着的粉面也是残缺不整了。你停下脚步倚靠在榆阳桥的石头扶手上面，涓涓而来的河水从桥下缓缓流过，一些红色白色灰色的小鱼懒散地游动在河水中，光滑的河卵石一块一块紧挨在一起。石头缝里生长出来的水草，带着河水的惬意任由小巧的蜻蜓停停驻驻。河柳深绿色的枝条柔软地垂落在你的脸庞。一些穿着蒙古传统服饰的人拉着慢悠悠地走在沙地上的骆驼，驼铃随着骆驼的摆动奏响出一曲曲淡雅的小曲儿。你又转身仰头朝榆阳桥右上空望去，一座古朴雄壮的凌霄塔巍然矗立在山巅，铺满青石的小路蜿蜒地穿梭在密布着枸杞与蒿草的山体中。凌霄塔就在一瞬间，轻轻栖落在清凌凌的河水上面，缠绕它的，还有那些白得纯洁的云彩。你的耳边突然变得如此清静，似乎响彻河畔的驼铃声，城墙上面的操练声，城墙脚下商榷中的嘈杂声，都销声匿迹。你的身心静静地沉浸在这种淡然的景致中，眼前所有的一切，都是那样的让人迷醉。你突然在怀疑，这会是溢满火药味的边塞古城？

你许久才从这样的迷醉中缓过神来。身边走过各个民族的人们脸上洋溢着和平的悦色，哼着边塞小调。你又看见，装束奇特的龟兹人摆着地摊，地摊上面摆满琳琅满目的民族特色饰品。你走过去，龟兹人说着略显生硬的汉语客气地问你需要纪念品不？你似乎不敢相信，曾经被汉朝俘虏的龟兹人在汉人中间生活得如此幸福。再往前走，便是镇远门了。你顾不得一路的劳顿，就窜进通往镇远门的人流了。

威武的岗卒手中紧紧握着冰冷的铁兵器，你会在他身上再仔细地寻觅本应悬挂在岗卒身上的警惕感与急迫感。方正的石板错落有致地铺在驼城的街道上，一颗颗深红色的灯笼犹如依附在柿子树上的熟透的柿子，在街道两旁的刺槐树上随风微微地飘动。街道两旁耸立着鳞次栉比的商铺，俨然是江南小城一般的风采。你似乎已经嗅到了选用从普惠巷流出的桃花水做成的榆林豆腐的芳香，你似乎已经看见了传说中“六楼骑街”的人文景观了。你已经分辨不清楚这里是江南的水城还是塞北的边城了，这里蕴含着江南水城的丰腴与潮润，这里又富含着塞北边城的豁达与厚重。

从远方寻着驼城走来的你，不自觉地放慢脚步，目不暇接地欣赏着本该属于富饶的南方的景象。你不知不觉就坐在了木制的凳子上，店小二很勤快地迅速为你摆上了颜色分明味道鲜美的拼三鲜了。暗绿色的菠菜晃晃悠悠地漂浮在海碗中似荷花点点，那油炸的土豆条就像行走在深蓝色的湖泊中的扁舟，羊肉丸子又极富诗意地形成了一座座突兀在湖泊中的小山头。你情不自禁地开始感慨，这岂不是一幅旷世的水墨画？你拨动筷子，吸吮着洁白的粉带。一股股浓重的香气肆意地游窜在你的浑身。倏忽间，人们争相涌动在一个穿着青绿绸衫的中年人身边，他跟随着人们游动的节奏，一些如丝的忧愁与喜悦交杂出现在他铁青的脸上。你急忙问店小二那人姓甚名谁？店小二惊诧地望着你，似乎你就不应该不知道他的名字。店小二骄傲地说他就是延绥巡抚都御使余子俊。你又急忙问余子俊为何人，为何百姓如此拥戴。店小二突然不屑地说，他是我们这边最大的行政长官。你又是满脸的狐疑与不解。

你带着满腔的激动，站在滚滚的无定河边，嘴里暗暗诵读着“可怜无定河边骨，犹是春闺梦里人”的绝世诗句，两行眼泪顺着脸颊滑落。无定河边浣纱的女人，嬉笑着用棍棒捶打着威严的军服，两个孩子就蹲坐在卵石上相互泼水游戏。你的脸庞又溢出来了淡淡的笑容。你顺着无定河缓缓北上，三弦声和着神秘的龟兹语的曲子悠悠地从辽阔的天边徐徐而来，你一抬头，就望见了兀自耸立在镇北台两旁的易马城与款贡城了。这个时候，让你一览无余的“长河落日圆”的景致就展现在你的身边了，一条阔达的秦直道也在这番景象下渐渐露出它的踪迹了。

你吟诵着古朴的诗句，带着驼城的美满，愉悦地投入到迷醉的夜色里了。一袭素装的背后，留下一个个深深地脚印，像是跳动在宣纸上一个个活蹦乱跳的文字……

初冬

初冬的鄂尔多斯高原，泛着一股股透心的凉意。矗立在街道两旁的梧桐树，一个个都像佝偻着的老人，耷拉着身体不甘地向着北边吹来的凛冽的冷风致意。梧桐树是过多的留恋夏日罢了。冬日里就算有再养眼再妩媚的景致，对于日日夜夜辛勤执勤的梧桐树来说，都似乎是不入眼的。紧接着，雪白的浓霜就在某一个夜晚亲临大地布置整个冬天的开幕式。广场上葱郁的小草经过浓霜的抚慰之后，像被岁月叫醒了的痴迷老人一样，开始在闲闲散散的日子中打瞌睡了。大路上行走的满载着大白菜的卡车多了起来，司机们满脸堆着愉悦的神彩，听着从喇叭里传来辽阔的大草原上一声声欢快的马头琴音。鄂尔多斯高原上生活的人们开始三五成群地涌现菜市场采购成熟的大白菜。大白菜要经过一番繁琐细致的程序最后才能当作冬日里饭桌上甜美可口的酸菜。高原的冬天在过去由于地理的缘故，能吃上的蔬菜少之又少，便形成了腌制酸菜补充冬日食粮的习惯。而时至今日，社会的发展让生活在高原上的人们在冬日也能吃上各式各样的蔬菜，而留下来腌制酸菜的传统却没有因此而断绝，反倒是日渐形成了鄂尔多斯高原上初冬必做的营生。

我便想起安宁地静卧在黄土高原腹地上的那个小山村李家焉了。

初冬的暖阳和煦地照射在李家焉苍白的村碑上，一缕缕淡红色的云彩慵懒地浮游在空透的天空中。枣树脱光了浅黄色的衣服羞涩地站立在山坡坡上，几只绵羊低着头啃着淡绿色的干草。放眼望去，一片苍茫的空灵像是潜行的苦行僧一样孤独地爬行在赤裸的黄土梁上。唯一带着鲜艳颜色的山枣子，在陡峭的悬崖上随着偶尔起来的风入神地舞蹈。偶尔一只尖嘴老鹰，踅回在蔚蓝的天宇中，随即便抖动着暗灰色的翅膀发出一声长长的哀鸣，李家焉的初冬就显得更加的寂寞了。枣树干瘪的叶子窝在背风的沟岔里面，枯黄的莠草就迎着风和着山羊的咩咩声与枣树叶子探讨初冬的故事了。不算宽阔的坝田上，被收拾起来的玉米秆子一根挨着一根依偎在一起，像是坐落在高原上一个个颓败的城墙瞭望台，二三十步的间隔，就出现一个。猫呀狗呀横行在玉米垛之间，这里俨然成了它们游戏的童话乐园。记忆深处的此情此景，在繁琐的城市生活中，却如此清晰而逼真地闪现在我的视线里。在这里生活了十几年后，我是那么决然地迈着欢愉的步伐走出李家焉，去盲目地寻找我向往的地方。而如今，李家焉留在我心中的镜头，却要苦楚地在记忆中努力地寻觅。我一直固执地认为，李家焉的印象，会随着我越来越远的方向变得模糊，变得恍然。而当我再一次嗅到鄂尔多斯高原上熟悉的味道时，又一次的陷入长久的思恋。

初冬的这个时候，是种植在背洼洼上的胡萝卜收获的季节。我看见父亲娴熟地将长得极其漂亮的胡萝卜拔出来放在箩筐，又迅速投入到拔下一个的动作。粉红色的胡萝卜像一个个跳跃的活泼的精灵一样横七竖八地躺在用柠条编制的箩筐中，它们或许在高兴地感激父亲在寒冷的西伯利亚寒流赶来之前将它们收回去。父亲吃力地拉着沉重的平车艰难地前行在狭窄的土路上，汗水顺着背心的模型在他衣服外渗透出来。父亲的脸，跟脖子红在了一起。我撅起屁股狠劲地推着平车。父亲粗粗的喘气声，跟谁家的犬吠融洽地交合在一起。那是一幅多么令人难忘的画面呀！

满载着胡萝卜的平车停靠在院落的时候，夕阳暧昧的暖色已经渐渐爬上光秃秃的山头了，各家各户的烟洞里袅袅娜娜地生起来一股股灰黄色的烟雾。李家焉瞬间就进入了短暂的热闹。孩子们穿上厚厚的袄子，手中紧紧攥着向日葵秆子从东家跑到西家，又从山底驰骋在山头。漫山遍野无序的吼叫声在炊烟弥漫整个村子的时候响彻起来。孩子群中，一个脸蛋被冷风吹得通红的小男孩，意志坚定地拄着向日葵秆子在向晚五光十色的余晖里朝着即将陨落的夕阳肃穆地致敬。这个小男孩，就是小时候的我。我全然不顾家里将胡萝卜拉回去还有更多的事情要忙，就以迅雷不及掩耳之势投入到娃娃军中，号令山野。有些时候，我们就驰骋在种过洋芋的田地里，两只眼睛像涂抹了光彩一样明亮且仔细地搜寻着遗落在洋芋蔓子中的洋芋，随后便生起一堆堆篝火，将洋芋放进去烧着吃。往往洋芋还没烧熟，旷野里就传来了杂乱的喊叫声，不是东家的喊孩子回去就是西家的。于是乎，立即将滚烫洋芋装在衣兜里，顺着梯田往下跳赶着回家。

母亲正坐在院落里拿着刀子将胡萝卜的根须一根一根削掉，父亲就蹲在门台上，埋着头吧嗒吧嗒地吸着呛人的旱烟。母亲见我回来，赶紧让父亲将锅里蒸的几块窝窝拿给我吃，我能闻见，锅里煮的又是我最不喜欢吃的高粱米儿稀饭。母亲知道我不喜欢吃高粱稀饭，就将蒸的几块窝窝都给我吃。母亲要赶时间将堆在院子里的胡萝卜的根根须须都处理掉，还要将萝卜切成长方体状的长条腌制。那时候，院落里的大白菜，也依着太阳的方向码放在宽条子石板上，一排排，一行行，像列队的兵种，在等待父母的检阅。等阳光将大白菜晒得看上去萎靡不振奄奄一息时候，母亲就又要忙碌着腌制酸菜了。而为漫长的缺乏食物的冬天腌制几大黑瓮酸菜跟胡萝卜的前提，是需要大量的块盐。那个时候，父亲总要提前去十里路开外的镇子买一袋从镇川堡贩回来的大盐。我跟父亲在背洼洼阴潮的凹地里拔萝卜时，母亲就与妹妹在村西大槐树下的石碾上碾盐了。石碾在初冬时是最忙碌的，每家每户都要碾大盐、黄豆、小米。石碾与村民的关系已经密不可分，长期以来，石碾已经被勤劳的人们神化成白虎的象征。每每遇到重大的节日，人们都怀着虔诚的心跪拜在烧着香的石碾前面，真诚地祈祷来年是个丰收年。石碾旁那棵硕大的大槐树，不晓得现今怎般模样？是否依然敬业地守候在石碾的身边。

而如今，父亲已经带着他没有完成的夙愿永远地离开了我，孤独地留守在那方属于他最终归宿的土坟里，任刺骨的寒风簌簌地从他的身边黯然地刮过。父亲的离世，像一根冰凉的马鞭一样，紧紧地催促着母亲走上进城务工的道路，在背负着沉重的生活负担跟精神压力下，匆忙地为我赚取一笔笔天文数字般的大学学费。而李家焉的记忆，也由此划上了一个沉重的不舍的句号，像是停靠在空明的天宇中的那轮悬挂在石碾旁老槐树枯梢上皎洁的明月，就在眼前却永远触摸不着……

我停靠在数百里之外初冬的鄂尔多斯高原，荒凉的北风像怒号的浪涛一样日夜扫荡着这个毗邻毛乌素沙漠的小城。我在从记忆中努力地搜索着关于李家焉的初冬往事，它们却如同一个个清晰的真实的幻影，出现在我的枯燥的瞳孔里，显得那般无奈、苍茫、无助、落寞……

溢满酒香的故乡情

贫瘠的陕北高原，地表在一年之中大多数时间以褐黄色呈现在眼前。而金秋则不同。

金秋十月，梯田上红彤彤的高粱，黄灿灿的糜子，绿油油的土豆，饱满的苞谷，它们都以最好的精神状态展示着农人辛苦了一年的成就。枣树上的叶子，也逐渐泛黄，红润的枣子露着灿烂的笑容，向着世人惬意地舞蹈。席地而坐的农人，拖着疲惫不堪的身体，啃着晒干的馒头，喝几口长脖西凤酒。长脖西凤酒，在陕北大地上，是最经典的存在。深绿色的瓶子，长长的脖颈，像极了伸着长长的脖子朝天厉嗥的白鹅。这从宝鸡远道而来的白酒，带着秦岭山脉的豪气，散发着秦人的豁达。就着干馒头，一口长脖西凤酒下肚，浑身舒坦。那浓烈馥郁的清香，随着秋天向晚的柔风在峁梁间蔓延。总有人循着酒的芳香来讨酒。一群人围坐在一起，各自贡献出自带的干粮，在一通质朴的言语之后，端起酒瓶子，仰天饮下。长脖西凤酒成了金灿灿的秋天慰藉劳苦的农人最好的礼物。

陕北人好喝酒，不管在什么场合，都会拧开几瓶烧酒，简单的准备几道下酒菜，便能将复杂的事情化解，郁闷的心事冲散。陕北人憨厚，淳朴，重感情。几杯酒下肚，便多以兄弟相称，更甚者借着酒香，点几根檀香，摆几个瓜果，结成拜识（兄弟）。在檀香袅袅的烟雾中，他们没有华丽的语言，没有海誓山盟，有的只是质朴的拥抱，以及朗朗的笑声，抑或几曲干瘪悲怆的陕北民歌。下酒菜多为油炸花生米、蒜泥黄瓜、西红柿炒鸡蛋之类的平常小菜。而酒，则多为西凤酒。在漫长的岁月里，西凤酒与陕北人，结下了深厚的情缘。裸瓶的长脖西凤酒，它以低廉的价格和上乘的质量，赢得了陕北人的欢喜。喜事酒席上，白事酒席上，订婚宴席上，招待席上，西凤酒成了陕北大地的标准配备。

记得小时候，家里的橱柜里总码放着数瓶西凤酒。它们整整齐齐地站在一起，等待着哪天的开启时将玉琼佳酿带给农人。初中的时候，我偷偷开启了一瓶，倒了几杯。那浓烈的香味，让我魂牵梦绕。大概是陕北人骨子里就埋藏了饮酒的喜好，我甚至没有感觉到西凤酒的炽烈。如今思忖起来，是那西凤酒的柔和，让我平生第一次饮酒，便喜欢上了这种用粮食的精华酿制而出的圣液。

在鞭炮的刺鼻和年夜饭的芳香混合起来的味道还笼罩在高原的小山村时，父亲就会买十几瓶长脖西风，带着母亲、我以及三个妹妹，翻山越岭，步行前往四十里开外的舅舅家拜年。这个时候，路过的村子，经过红得鲜艳的对联的点缀，都流溢着一种浓浓的年味。而每家窑洞的窗台上毫无例外的，会并排放着一列列绿色的长脖西凤酒瓶子。农人是舍不得把酒瓶子扔掉的。在西红柿熟透的盛夏，聪慧的农人会把吃不完的西红柿经过特殊处理之后，做成西红柿酱灌入酒瓶，三年五载都不会坏。这些西红柿酱，成了冬日缺少蔬菜的高原最好的补给。油热放入切好的葱花蒜片，炒出香味时倒入西红柿酱，然后加入适量的水，等翻滚上几次以后，撒入打散的鸡蛋，舀在陶瓷盆里，香气四溢的西红柿鸡蛋臊子便完成了。煮一把空心手工挂面，配上颜色鲜艳的臊子，是陕北农家招待客人最好的饭菜。

到了舅舅家，我总是首先活蹦乱跳地前往大舅家。大舅打了一辈子的光棍儿。为了一个女人，终身未娶。他是黄土地上铁铮铮的男子汉，也是痴情汉。大舅家的院落里，码放得整整齐齐的黄芪根，是他忙活了一年的收成。进入温暖的窑洞，大舅总会把柜子里面早就备好的糖果拿出来让我吃。而他，也会坐在热炕上，吧嗒吧嗒地紧紧抽几口便将黑漆漆的羊骨头旱烟锅子仍在一边，喝起酒来。陈旧的炕桌上，一盘凉拌黄豆芽，一盘凉拌包头肉，一瓶长脖西凤酒，一碟炒瓜子，便是一场酒席的全部内容。大舅喝到尽兴时，会给我倒几杯，我也不推脱，陪着大舅喝几杯。喝西凤酒，抽旱烟成了大舅解闷和排解寂寞的最好法子。我总能在大舅纵横交错的皱纹里，读出他莫名的悲怆。如今，大舅已经放下所有的苦恼和艰辛，到了另一个世界。上坟的时候，一瓶西凤酒，一盒哈德门，成了祭奠他最好的献品。在生前，西凤酒和旱烟是他最好的陪伴，在他死后，低低的坟茔前，西凤酒香烟，依然是他最好的陪伴。

多年后的我，总会和朋友在一起时，为大家开一瓶西凤酒。只是，西凤酒的包装早已不是儿时的模样。就连曾经风靡陕北窑洞人家的裸瓶长脖西凤酒，也有了时髦精致的包装。当分酒器将一杯杯泛着碎光的西凤酒倒入酒杯时，那味道，一如我第一次偷偷打开父亲的那瓶西凤酒。

第三辑　细数时光

迎着初夏里漾动的柔风，我把从树影筛落的阳光，静静地捧在手心，那一抹微微的暖意，瞬间蔓延周身。这一星一点的精灵呦，总在人们不经意的时候悄然逝去。

选择在初夏的午后，端坐于荫翳下，静听风声，于一派朝气蓬勃中聆听时光流走的声音……

卞菊

素风中，你摇曳在夜空之下，抖擞出一地月亮的光辉。

大地与苍穹之间，你只在夜间，能安静地悬于幽静之上。

在白天，聚光下的照相机，总是迎着你迂回的花容，拍下秀丽和芳华。他们总是用溢美之词，灌进你柔美的身体。

太多的赞誉，在经历过千遍万遍的洗涤之后，如同一张苍白的纸张，流溢不出任何的光彩。

也只有在夜里，在一轮高远的明月之下。你才能傲娇地昂起头颅，自我欣赏，暗自陶醉。

白天，是属于别人的。你只是别人的赞美。别人眼中的，一汪花海，一阕丽景。

当夜空悄悄撕开它朦胧的衣衫，露出娇羞的面庞。你便开始，又一次陷入自我的迷醉。

低吟的风儿，是你永远的伴儿。清远的天宇，是你亘古的誓言。

时光，总能轻易地从你身上，觅出灿烂的黄。

丝丝缕缕，成就你千年的青春。

在千年古县，一个叫通许的青砖下，你历经了三千年的清辉，于一弯秀丽中，漾动生命的不衰。

多少墨客，从你身边醉意地经过，又眷恋地离开。

你只是，用一朵芬芳的花蕊，写进他们的诗篇，与清瘦的文字，来一场澄澈的幽会。

在悠扬顿挫的古筝韵律中，你蘸着澄澈的幽泉，用馥郁的清香为怀才不遇的墨客抚平褶皱般的忧伤。兰亭下，池水前，你的眼神，突然荡漾起久远的苦痛。

不畏权贵，不畏金钱，甚至，不畏短暂的一生。

仿佛，浸泡过的纯粹，才是你真正的骨骼。了却一生，只为那，千古佳句，万年唱咏。

在本草里，你的身影，又一次出现。

和香甜的甘草，益气的人参，养精的苁蓉，止咳的柴胡，生血的大枣一起绽放着人生的第二春。

萎蔫的你，早已退出瑰丽的韶华，用细细的纹理，润泽潮湿的病榻。依然是在月光的清辉下，你孑然一身，只身远赴那暗黑且斑驳的砂锅。

只为那床榻上久久未见如同你昨日秀美绽放的一抹笑靥，只为那如同感叹号般瘦弱的身体重新出现的健硕。

在弥留之际，你是否想起你的这一生，这经历过华贵，卓绝，毅然，赴死的这一生。

远去了娇美的容颜，远去了盎然的绽放。

你没有哀伤，在不舍中，只是淡然一笑。那一笑，正如一轮清月，高风亮节，大义凛然！

一束阳光

宛若一朵雪花，飘飘洒洒。我徒步行走，视线所及的风景，绽放出缤纷的色彩，和着淡黄色的余晖。这种复古的色彩，溢满我周身的细胞。风车或止步不前，或忙碌地旋转，我的脚步，却朝着丰腴的小河，在高原上疯狂地流淌。

我热爱一些零散的文字，这种热爱，从生活的躯体里面孜孜不倦地迸发出来。这是一种难得的记忆，是一种解脱的欢乐。我从不吝啬某些暖意的下午，踏着温馨的路面，在文字的身体中活跃。

洁白的稿纸，在荒凉的高原上生成一支支美丽的舞姿，跳一支伦巴吧！跳一支恰恰吧！

随便走过一处呆滞的老屋，杂乱的瓦砾就迫不及待地钻进我的眼眶，我喜欢将自己的身体揉进这些曾经极富生活姿色的院落里，触摸着冰冷的已经沙化的石头，然后自然地朝着天空叹息一声。我下意识地就看见生活在这里的人们，他们盘坐在大槐树下，手边紧紧攥着陶瓷老碗，碗里亮黄色的小米汤袅袅地冒着热乎乎的气体。他们谈天说地，他们无话不说……

我僵硬在原地，一种惬意与欣慰的元素从我周身的血脉中流散开来。

生活就是如此，一段时间，又过一段时间，一种景致，又过渡到另一种景致。

当清晨和煦的朝阳从地平线缓缓升起的时刻，我牵着小黑狗，蹲在地上，远远地张望。小黑狗也安详地蹲坐着，朝阳艳丽的色彩悄悄涂满了它幽深的眼神。一望无垠的天地间，我跟小黑狗置身其间，徜徉在无所事事的氛围中，安然地度过……

或者，不该背上远行的行囊，沐浴在寒风刺骨的风雪中，追寻那些虚无缥缈的故事。

落日的余晖，安宁地铺在我的背包上面，肆意流淌的汗水，模糊了我的视线。粗大的喘气声，骨头的咯吱声，全都沉浸在劳顿的氛围中，奄奄一息。

谁会站在深冬杨柳树的下面，任雪花簌簌地飘落在头顶，像是一个雪人，走过厚厚的积雪。我看不见，炽热的激情温暖雪花的场景。似乎，寻找就是一种旅途。

和爱人，跨过数百年的石拱桥。桥下的流水，倒映着翠绿色的垂柳涓涓远去。

我喜欢这种感觉。这种穿越的感觉。或许，下一场淅淅沥沥的小雨，撑一把花花绿绿的小伞，搂着爱人娇嫩的肩膀，感觉更好。

镌刻在石拱桥上的文字，已经在某个夜晚剥落，随着流水黯然地消失。分辨不清楚石匾的信息，如同读不懂一个季节的苍凉。就这样，牵着爱人的纤纤小手，很突兀的出现在石拱桥上，成为记忆中一段泯灭不了的往事。

这种感觉，这种朦胧的感觉，多少年了，更有一番滋味。

生活是一束阳光，一束溽热的花蕊。

经历过了坎坷与泥泞，经历过了凄迷与彷徨，那一束阳光，总在前面，扭动着它极度诱惑极度迷人的舞姿，吸引着我与其共舞。我想，颓废掉的日子，已被穿插在历史的隧道中。一些欢快的日子，也将深深地藏匿在心灵的深处。

高都絮语

晨曦之中，我轻轻叩响高都古镇那扇发黄的木门。铁锈的门闩，正匍匐在木门之上，似乎在聆听着一种古老的叙说。

房顶干枯的蒿草，摇曳着高都久远的时光。每一次摇曳，便为历史，送去悠远的清音。静立于婉转的巷道上，我的身影，被拖曳成纤细的足迹，滑过一块块浸润着匆匆时光的青砖。

一场细雨，淋湿高都丰腴卓雅的躯体。只有在油伞之下，我才会想到，这里不是青砖黛瓦的水乡江南。

穿过雨水，潮润的高都妩媚出一帧媚人的景致。

新生的草芽，吐绿的林木。

线条粗砺，但显素雅、娟秀。

巷道，是静谧的。只有沙沙的细雨声，滋润着古老的小镇。

曾经林立的店铺，嘈杂的鼎沸，在一场雨水之后，仿佛黯然消褪。只留下茕茕孑立的建筑上用刀具刻出来的雕塑，穿过时光的隧道，向我讲述着那流溢着金色的往事。

雍容的牡丹花，悠然地朝着阳光绽放。表层的漆皮虽然已经脱落，但它的华贵，却反增历史的浑厚。

雨后，端坐于院落门口的一只粗瓮，瓮口朝下，瓮底朝天。深黑色的瓷釉上，曾经走过多少穿斜巷而过的旅人。

他们是否也和我一样，在一场烟雨的浩渺之中，忘记了来时的路？

一列骡马，在古道穿梭。

在高都，行走的骡马是安详的，奔波的晋商，是淡然的。他们卸下倦容，在高都，于一抹欣然的微笑中互通有无。

这是一个收获的古镇。也是晋商施展才华的舞台。

巴工河，千百年来，悄然流淌。这片炽热的土地上，不论是悲欢还是离合，都湮没在河水的一片沉寂之中。

高都，曾经雕梁画柱的庭院，终究在时光的流逝中，变得老态龙钟。而镌刻在古镇上的生意经，却仍然在持续。

优质的“兰花炭”，饮着海风的和煦，噙着大西洋的冷峻，钻到了英国女王的壁炉中，用燃烧着的激情，诠释着高都的大爱。

精明的晋商，早已把高都这些黑色的金子，远销到天南海北。

茶叙

夏夜，当雨声滴滴答答地敲响清澈的玻璃时，一株君子兰正在窗前无声地成长。我摆好茶具，在许巍沧桑的歌声中，悉心地啜茗着每一个青花瓷茶杯流溢出来的醇香。茶是最让人身心俱静的。淡黄色微漾的琼液，袅袅升腾起的热气，惬意的生活，便安然地生出来了。锁住门窗，任雨水洗涤燥热的城市。我只需一壶淡雅的茶水，便能揉碎岁月的沧桑。

我没有茶瘾，在各式各样的茶中，独爱绿茶，尤其是弥散着清香气息的茉莉花茶。

最早，是在一个早春，在陕南宁强的一条数百米长的青石小街上，买到人生之中的第一包茶。茶曰汉中仙毫。那天早晨，我在和煦的阳光中穿行于颇有江南韵味的宁强小城。耳畔突然传来声声嘈杂。放眼望去，一些小商小贩正在一条狭窄的街道上摆着各式各样的物品，沿街叫卖。熙熙攘攘的人流中，我看到最多的，便是茶叶和野菜。我闻声挤进人群。朝着一溜商贩望去，所有的摊都在七嘴八舌地交易着。一把把嫩绿的香椿，显然是刚从田野采摘回来，还沾带着一些泥土。还有手指粗白皙的竹笋，释放着早春清新的蕨菜，偶落尘土暗红的腊肉。我突然对这个小县城来了兴趣。前一晚，我在友人的邀请下，曾在一家农家饭店进餐。我刚开始对于友人的话是存疑的。友人兴高采烈地说，凡是饭店的食材，均来自宁强乡野。我们饭桌上吃的食材，在这条纤细的集市上，我全部都看到了，它们作为这个小县城的特产，源源不断地滋养着全国各地的游人。这些食材早已被秦岭南麓的灵气所浸润。在葱茏的秦岭山脉，那一圈圈浮游的云绸，正妥帖地匍匐在每一株绿意的枝头。而这些食材，都是从那些浓密的树林里采摘而来。包括茶叶。茶地位于秦岭山脉之上的空地。一垄垄，一方方，在茶农的精心看护之下，显露着勃然的生机。

我在一位清秀的小姑娘的茶摊前驻足下来。小姑娘见有顾客上来，赶紧放下手中还未来得及吃完的早点，用她清澈的嗓音给我详尽地介绍起她家的茶叶来。茶叶用塑料袋装着。三四个有四五十公分高的塑料袋端置在一块破碎的麻布上。姑娘似乎看出了我的顾忌，急忙给我说粗麻布是为了防止茶叶潮湿的，不会影响茶叶的品质的。我捻起一把茶叶，放在鼻前轻轻嗅了嗅。那似乎带着汉中盆地独有的馥郁，在我鼻腔内缓缓流淌。姑娘介绍着说，都是从茶园里一个一个掐下来的新茶芽儿。问好了价钱，对茶不甚了解的我，竟然一下子买了二斤。掂着沉甸甸的茶叶，踩着磨去棱角的青石板路，我走出繁荣的集市。茶叶散发出来早春的流韵，像远山秦岭之上的云雾，缭绕在这个极富江南风情的小城上空。

回到陕北，那淡淡的汉中仙毫，成了我招待朋友的必备。后来，我又托友人买了一些茉莉花。一朵朵炫白的茉莉花点缀在怡人的茶水之上，简直绝配。我的书桌上，从此多了几件必需的物什，茶叶盒，瓷杯具。在困顿时，在迷茫时，在欢悦时，在闲暇时，总有一杯雅致的茶水，与我相伴。

还有一种叫罐罐茶的茶，是我遇到过一种非常接地气的好茶，虽然煮茶时略显简单粗放，却为祖祖辈辈生活在大山里的人们，带去生命最美的馈赠。妻子是甘肃定西人。我自然去甘肃定西多一些。在群山环绕，整年喝雨水的定西百姓人家，都有喝早茶的传统。而唯独不同的是，茶水是煮的。晨曦中，从睡眠之中醒来的人们，做的第一件事便是把一个熏得黢黑的搪瓷杯放在火炉盖上。捻一些茶叶，再扔几块冰糖，几颗红枣，几粒枸杞，倒入夏日水井里接收的雨露。几分钟后，茶叶便在水中自由地翻腾起来。喝着茶水，就着两三厘米厚的韭菜饼，便是一顿简单的早餐。在定西，茶水是伴随着早餐，走进人们的生活的。金城兰州，有一种茶叫盖碗茶。和定西的罐罐茶很相似。我以为，盖碗茶应是定西煮茶走入城市的一种演变。如今，每到岳父家，岳父总会裹挟着澄澈的清晨，悉心地为我煮着罐罐茶。老实巴交的岳父，沟沟壑壑的皱纹，在煮罐罐茶的时候，笑成了一朵绽放的蜀葵。他佝偻的身影，被灯光打在土墙之上全家七口人的合影上，一瞬间高过了屋顶腰身粗的横梁。

夏夜，窗外的雨滴，还在继续敲打着睡梦中的凡尘。那轻柔的雨声宛若生命的抚慰，在这个茶水氤氲的夏夜，安静着我炽烈的心。

车过中卫

车窗外，草木开始变得稀疏起来。似乎有沙化地隐隐约约地闪现着。倚在车窗前的我，无所事事地打发着列车漫长的时间。我是从绥德出发，和妻子准备前往甘肃平凉的。在中卫下车，换乘中卫到平凉的列车。妻子斜靠在我的肩膀已经熟睡，列车外星星点点的光芒透过列车加厚的玻璃窗落在她的脸庞，此刻，她正沉浸在甜蜜的梦乡。

铁道附近三四十米左右，总有挺拔的白杨树，五六棵凑在一起，形成窗外为唯一的蓊郁。突然，平整的田地里，一丛丛高一米左右的植被吸引了我。一丛丛，一簇簇，正在朝阳下用墨绿色的蓬勃填满我的视线。那抹浓郁到底是什么植被，我望着窗外寻找着答案。一块挂在白杨树上的破纸板上写着几个歪歪扭扭的汉字，我才知道了它的真正名字：枸杞。

这就是名震四海的中卫枸杞？我被这突如其来的答案激灵起了兴趣。枸杞的绿意铺天盖地地向我袭来，放眼望去，在车窗外的视线尽头，一望无垠。我打开百度，搜索起来：

枸杞，又称枸杞子、红耳坠，是茄科小灌木枸杞的成熟子实。枸杞子药食同源的历史悠久，是驰名中外的名贵中药材，早在《神农本草经》中就被列为上品，称其为”久服轻身不老、耐寒暑”；有延衰抗老的功效，又名”却老子”。枸杞子中含有多种氨基酸，并含有甜菜碱、玉蜀黍黄素、酸浆果红素等特殊营养成分，使其具有非常好的保健功效。

在靠近铁轨的一畦枸杞中我终于见到了它的真容。修长的枸杞茎条上，点缀在绿叶之上的果实，正弥漫着绚丽的红润，像用竹签串在一起一样，着实令人疼爱。红彤彤的枸杞子似乎已接近成熟。在田中忙碌的农人们，头上挽着一块块花花绿绿的头巾，正悉心地照料着。一辆辆农用三轮车，也在枸杞地突然豁出一道口子的道路上突突突地前进着。三轮车上的大叔，嘴角叼着一根香烟，似乎正和坐在车斗里的妻子说着什么，妻子脸庞隐隐绰绰的笑容，融着朝阳的灵气，是那样幸福。我猜测枸杞一定是他们谈论的话题。密密麻麻附着在枸杞茎条上的果实已经告诉我，今年的枸杞一定获得了丰收。经过农人艰辛地付出，这些枸杞子马上便会为他们的主人带来丰润的收入。

在我的故乡陕北，沟壑间也会有零星的枸杞生长在崖畔上。因为极其稀少，所以没有引起人们的重视，起码没有引起我的重视。大人们说那是狗尿的。我那会总会稚嫩地认为枸杞是在犬类尿液淋湿的土地上生起来的。现在回想起来，不免失笑起来。那些年，爷爷的白色搪瓷茶缸中，总会飘着一些红彤彤的小果子。看着爷爷坐在窑洞前沉浸在一杯茶叶中，我总察觉不出，那么一杯简单的茶叶究竟有什么魅力，让爷爷深情那么舒展，欢悦。

列车在一声急促的长鸣之后，缓缓停靠下来。我叫醒妻子，她睡眼惺忪，从齿间挤出一句，到了？然后跟着我，走下列车，从远处飘扬而来的一股清风，瞬间让我提神了很多。走出火车站，平展的广场上，早有成群的晨练者，或是轻舞手中的太极剑打着套路，或是双手挎在腰间高声吟唱，或是拿着粗大的毛笔在广场上书写豪迈。好一个朝气蓬勃的中卫！

我和妻子穿过站前广场，所遇见的每个人都精神饱满，神采奕奕。穿过一条整洁的街道，雄浑的寺院出现在前方。高大的院墙，巍峨的建筑，还有穿插在其中的林木，我不禁感慨，在中卫城中竟然伫立着这样一座高大上的寺庙。

本欲先去参观。妻子早站在一家叫蒿子面的面馆前，止步不前了。我望着妻子，会心一笑。一起走进面馆，浓郁的芳香扑鼻而来。老板是一位面容慈善，身材高挑的中年女人，她看到我们进来，热情地问我们吃点什么？我笑着用蹩脚的普通话说就此刻闻起来香气馥郁的。中年女人说蒿子面是中卫的一绝，不仅味道好，还有极高的养生功效。看着其他桌子上的客人恬然地享受着面前的美食，我的肚子也咕咕地叫唤起来。

一小会，两大碗蒿子面便摆放在我们的面前。此刻，那醇厚的香味正弥漫在我和妻子身上。来不及说句话，我便吃了起来。面条虽不是那样劲道却溢着浓烈的清香，吃后唇齿留香。我乜斜了妻子一眼，她正浸润在美食中，顾不得和我对视。吃完面，连同碗底的汤，我也一饮而尽。付钱时，一大碗面只售 6 元。我便对身为一个中卫人感到歆羡了。如此美好的城市，如此清新的空气，如此美味的吃食，准会让每一个中卫人心生幸福。怪不得我看到每一个中卫人都是那么精神抖擞了。

这座小城，在我心中的分量一点点沉甸甸起来。

吃完蒿子面，我迫不及待地拉着妻子朝高庙走去。中卫，是丝绸之路北线的重要节点。从古至今，地位显赫。早在春秋时期，羌戎等民族便在此地杂居。千百年来，这座在历史云烟中屹立在北方的城市，一直人来人往，缔造着厚重的历史和淳朴的人文文化。因了丝绸之路各种文化的交融，中卫的高庙，汇聚着儒释道三教的精髓文化。这座和城墙相连在一起的寺庙，始建于明永乐年间，称新庙。清康熙四十八年(公元1710年)秋，因地震坍塌重建，后经道光二年、咸丰三年、光绪八年续建，改称玉皇阁。民国初年增建后，改称“高庙”。经历过起起伏伏的高庙，始终是中卫人心中矗立着的精神高地。即使地震导致倾塌，中卫人也会聚集所有力量重新建造起来。

因为时间尚早，高庙尚未迎客，我们只好在墙外欣赏。叽叽喳喳的啁啾，不时从参天的林木中如一圈圈涟漪四散开来，让高庙在城市中显得更加清幽。在高庙前，着暗黄色僧袍表情平静的师傅们早就忙碌了起来。他们才是叫醒高庙最早的人。

石径、小桥、亭台、池水，在林木的掩映下，是清净淡雅的。忽闻耳边有一曲婉转的古筝流淌过来。极目四寻，原是一位风华正茂的女子，坐在亭台里，优雅地练习着。那琴音，配上眼前的景致，浑然一体。琴音、流水、古庙，我和妻子似乎穿越在了宋朝人文气息浓厚的时空。没有言语，只是沉浸其中，享受着中卫带来的惬意和惊喜。

在一爿特产店前，我称了一斤枸杞，热心的老板又给我抓了一大把。我看到，沐浴着改革开放春风的中卫，正用中卫人的热情和淳朴，打造着更美好的家园。

列车，在一声长鸣中远离了中卫，南下平凉。车窗外，中卫的一草一木，抑或一片云彩，一阙景致，都在和我进行着告别。我的心里，却生不起一丝怜惜，因为我知道，会有一天，我们还会在某一刻，重逢！

那时候，我和妻子还要品尝中卫沙地西瓜，饱览沙坡头浩渺沙海！

巴山大峡谷的柔情

在宣汉巴山大峡谷，与一场淅沥的小雨，不期而遇。

干渴的地面，在饱饮了剔透的雨水之后，像是用热水泡发之后的云耳，散发着令人欢喜的明亮。洗濯后的巴山峡谷，宛若一位静立在闺房的少女，散发着馥郁的芬芳。

峡谷之间的河流，也在一夜之间暴涨了不少。以往河流多柔美的气息，此刻在雨后，多了几分磅礴，多了几分迅猛。河水虽然比平时略微激昂，但却多了许多看点。站在艰险的古栈道上面，伫望河水从远处奔涌而来，不失为一种非常惬意的事情。幽静的山谷，在几声悦耳的鸟鸣之后，显得更加深远。蓊蓊郁郁的树木，似乎晕染起一圈圈蓬勃的雾气，在山谷间萦绕着，盘旋着。巴山大峡谷，升腾起那层轻薄的细纱，如同一尺丝绸，轻柔地散落在雄秀的奇山之上，宛若仙境。

山，是俊秀的，一株株草木，正葳蕤蔓延。千尺高的壁崖之上，从石缝中渗出来的水滴，从高处滴落，那水滴，似一块娟秀的美玉，晶莹剔透。犹如刀斧劈开的峡谷之中，碧蓝的河水，正浸润着大自然的灵秀，给人以空明的禅意。河水边的绿茵中，一些扑鼻而来的野花香，正摇曳着唯美的梦境。雨后，带着草木清香的空气，在峡谷间无缝隙地穿梭着。

一曲原始的曲调，在寨子里响起。

我扭头望去，十几位衣着华丽脸庞清秀的土家族妹子，正用近似于天籁的声音，唱诵着悠长的曲调。她们像是遗落在大峡谷的一个个仙女，用仙境的音律，奏响着属于大巴山的大音。在大山深处，土家族千百年来，守卫着这一方净土。他们用勤劳的双手，过着自给自足的生活。没有污染，没有车鸣，没有霓虹。土家人，用质朴的情怀，淳厚的性情，迎接着每一天照样的莅临。而当人们将目光触及到土家人的时候，他们没有拒绝，敞开心怀，用清香的美酒，迎接着每一个过客。夜宿土家人家，在声声犬吠中，我聆听到了大自然最初的声音。而早就被尘世渲染的灵魂，也在此刻得到了暂时的洗涤。

我想起了故乡。那个坐落在黄土高原深处的小村庄。在夜色笼罩之下，是否依然回响起那悲怆苍凉的信天游。城市化进程的飞速发展，村庄早在某天黄昏，两鬓斑白。沐浴着土家人的清音，我似乎又回到了童年，回到了那段窑洞温暖着的岁月。那时候，村庄里的人都还老实巴交地守护着瘠薄的土地，整天面朝黄土背朝天侍奉着，刨挖着。如今，包括父亲，包括奶奶，包括更多的村人，只留下一堆矮矮的坟茔，像一个个忠臣的卫士，为村庄站岗放哨。

一觉醒来，天已泛亮。绚丽的朝霞，在远山的陪衬之下，显得分外妖娆。土家人的寨子上，早起的人们，已将一缕缕炊烟，在山间轻轻安放。峡谷里的柏油路上，流动的轿车，也渐渐多了起来。和煦的暖阳，爱抚在周身的那一刻，我如同一个古稀老人，斜倚在青石之上，在缓慢的时间中，静听河水俏皮地呢喃。几位土家族老人，也和我一样端坐在屋前，拖着纤长的烟锅，在烟草袅袅的之中，沐浴着朝霞的温婉。

在享用了美味的土家九大碗之后，作为国家非物质文化遗产的薅草锣鼓才闪亮登场。薅草锣鼓又称薅草号子。薅草锣鼓的乐器主要由鼓、锣、钹、马锣四件响器组成。它是土家人在薅草季节，聚集数十乃至数百人在进行集体劳动时，请两名歌手一个击鼓，一个敲锣面对薅草的众人，随着锣鼓声的起起落落而吼唱的一种土家族民歌。音乐响起，或急或缓。急时如汹涌澎湃的河水，拍打着河岸的落石，缓时如一场柔风细雨，绵长温润。随即，便有朗朗上口的歌词从土家族艺人嘴里唱出。虽然耳拙的我听不懂具体唱词，但那深沉的表情和委婉的曲调，却如夏日一杯冰润的啤酒，沁人脾胃。

慢行在巴山大峡谷，何尝不是历经着大自然的熏陶和洗礼。

这一刻，我把内心所有的羁绊摒弃，让灵魂在毓秀的巴山峡谷安放。

醉美奇台

一阵清爽的夏风掠过绿洲上一片葱郁的胡杨林。悬于天宇的骄阳，正越过胡杨林稀疏的缝隙，洒落在滚烫的土壤中。在一汪墨绿色的池水边，哈萨克族的小伙子，端坐在一抹荫翳之下，悠然地望着点缀在瓦蓝的天空上变化莫测的云朵。有一丝相思，轻轻地斜挂在他的脸庞。远方求学的哈萨克姑娘，你也是否静坐在窗前，望着同一片天空，眼神中盈满思念。

池水是澄澈的。倒映着斑驳的胡杨林和洁白的云朵，还有闪着碎银子般光芒的烈日。远处修葺一新的柏油马路上，一台台小轿车正欢快地穿梭着。在乡间，拔地而起的院落，正在大地之上书写传奇。

你能听到，有朗朗的读书声正从整洁的校园传来。援疆的汉族女孩，闪动着明亮的眸子，用她清亮的嗓音，为求学的哈萨克族和维吾尔族的小姑娘小伙子们讲述着知识的浩瀚。那一个个清秀的脸庞一声声跟读的声音，正在编织着未来的蓝图。在不久，他们将用知识的力量，把奇台装扮得更美!

汉族女孩恬静的脸庞上，一些细碎的粉笔末，调皮地附着着。但她丝毫没有察觉，此刻的她正展开课本，用标准的普通话为孩子们传输着书本里的世界。你能从孩子们异口同声的诵读中，阅出中国人更多的希望。

一阵清澈的电铃之后，上学的各族少年们手牵着手在校园里欢快地游戏。那一如暖阳般温暖的笑靥，像一朵朵绽放的花朵，在校园里摇曳。一瞬间，优美的歌声，温婉的舞蹈便在校园希望的土地上弥漫开来。

他们是明天的希望，他们的祖国的未来！

在奇台，这样的场景，我们随处可见。在党的政策的引领下，奇台正迈着青春的步伐，迎着和煦的清风，在乡村振兴的道路上昂首阔步地前进！

校园附近，一栋栋崭新的房舍，在大地上平整地铺展开来。翠绿的农作物，围拢着新建的家园，散发着一种蓬勃的朝气。绿意，是奇台带给人们最清凉的感受。道路边，屋舍边，到处都有长势旺盛的林木。一阵风刮过，它们正窸窸窣窣地赞美着什么？我猜，它们肯定是在赞美党的好政策！

查阅史料，早在汉时，这里淳朴的人民便和中原有了友好的交融。随后在漫长的历史长河中，在丝绸之路的延续中，这种充满善意的交流，从来没有中断。

漫天黄沙，尘土飞扬，这样的场景在奇台已经慢慢远离。在绿水千山就是金山银山的理念下，奇台在经济发展的同时，不断强化环保意识。让一抹抹浓郁的绿色，像一杯杯芳醇的茶水，流淌过每一个人的视线。

清澈的河流，湛蓝的天空，翻滚的白云，金色的胡杨，饱满的石榴果，欢乐的歌声，婀娜的舞姿，在和煦的暖风的柔抚下，成长成一阕诗意的景致，如一缕清新的泉水，灌入每一个相逢的友人！

千百年来，生活在奇台县的各族人民，用他们勤劳的双手，把生活过成一曲曲柔美的歌曲，在奇台这片炽热的土地上蔓延。

雪夜

扭亮台灯，雪白的光线像倾泻下来的一帘瀑布一样，在视线中展现开来。这个雅致的夜，似乎在耳边传来鹅毛大雪簌簌落在地下声音，静音才能识别出它的存在。我掀开落地窗前洒满梅花的粉红色窗帘，一种前所未有的震撼从我的头顶袭来。天色已经很晚了，可雪花却似乎留恋人间的光亮，一片一片，聚集起来，俨然是一帧晨曦洒满地的美景。雪花飘过我的眼前，白茫茫的一片。窗外，已又是一个甚为惬意的人间。

你瞧，那暗黄色的路灯下，犹如尘埃飞翔的雪花像魁伟的金字塔一样，端溜溜地蹲坐在地上。陈旧的屋顶也看不出来了，那些写满沧桑的物什都被雪花轻轻地覆盖。圣洁的雪花呀，唯有你，可以让人在凛冽的寒冷频频光顾高原的冬天感受不到气候的狰狞与邪恶。我还在隐隐发痛的喉咙，在这雪花浸润的时间里，竟然像漂浮在雪花上面活泼的精灵，不再作祟我安宁的生活。

屋里台灯的光线，透射过蝉翼似的窗帘，像一块硕大的印章，用力地印刷在雪花的上面，一朵朵瑰丽多彩的梅花，就在雪地上面，安然地开放，多么自在的梅花呀！那铮铮傲骨，绽放的纯白色的梅花，梅花是多么的令人刮目相看呀！我在幻想有一天，能够在隆冬的夜里，骑上自己的白马，走过院落盛开着梅花的围墙前，嗅着那一股股经历过雪花洗涤后的淡淡醇香。我着一身青裘，持一把竹扇，丢弃整个世界的喧嚣，唯独寻觅那一抹属于心灵深处的唯美画面。这一刻，我陶醉在窗前，翻出来李煜在牢笼之中那一篇篇沁人心脾的千年绝唱，在温热的清茶前慢悠悠地走过，脚步声声，雪花轻轻……

我在想，还是那个雪夜，我是被禁锢的囚徒，身后拖着着沉重的铁镣，走过雪花弥漫的北国以北。塞外的深冬，沙窝窝中的人家上空袅袅的炊烟在旷野里尽情地弥漫。辽远的天边，我看不到中原母亲凝重的脸庞上那一丝丝被皱纹挤压的笑容，我看不到妻儿炕沿边那一声声嬉笑的叫骂。我的眼泪，瞬间依着脸颊的沟谷，滑落在厚厚的雪地上。我在想，如果我是那位因为莫须有的文字狱而被皇上流放的文人，我在这个雪夜该是怎样的悲怆！

我在想，还是那个雪夜，高原的冬天被雪花悄然吞没。在白于山上修筑的寨子里，战战兢兢的我举着在雪光下熠熠生辉的长矛，耳边依然响着范仲淹口中时时死守的命令——朝着北边统万城的方向严阵以待。我害怕听到那能震得十里开外的土地轰隆隆作响的赫连勃勃一声号令下铁蹄踏地的声音，我惧怕听到战友们口中大汉朝时凶神恶煞的匈奴兵取大月氏国王头颅作酒器的传言。呼呼的北风顺着我的耳边嘶吼而过，我麻木的躯体，已经分辨不清四书五经里面圣人那悦耳的腔调。我在想，如果我是那镇守边关的士卒，我在这个雪夜该是怎样的煎熬！

这个雪夜，我倚在窗前，思绪万千。书桌上的茶水，已经不知何时冷却下来，可那浓郁的茶香，却在房间缓缓蔓延。像一曲曲柔和的蒙古长调，诉说着久远的人们已经忘却的故事。

雪花，还在窗前飘荡，而我纷飞的思绪，却又会在哪里生根发芽，又会在哪里曲终人散。

在周口店，寻找祖先的足迹

在周口店，我把脚步放的很轻，很轻……

流动的血脉，似乎升腾起一种莫名的敬畏。周围的草木，似乎也在选择用一种静穆的方式，怀念这些我们远逝的祖先。

轻抚着生满苔藓的石壁，有一种温度，依然在弥漫。

五十多万年前生活在这片土地的祖先——晚期智人，人们把他们称之为北京人。

也许也是在如同今日般葳蕤茂密的林木下，我们的祖先，目光炯炯。他们十几人几十人生活在一起，用爱和温暖把生活过成一串串美妙的音符。

你听！

燃烧的烈焰，滋滋作响。

一柱青烟，便在悠远的天空，舞动着人类的文明。那炽烈的火焰，来自上苍。

一块朽木，因了雷电的抚慰，北京人，进入了熟食的年代。

我不敢昂起头颅。在祖先的面前，甚至于一次跪拜，都不能释怀我内心的激昂。

就是眼前这眼黑黢黢的洞穴，它曾平凡地存在着。因为一个人，一个欧洲的地质专家安特生的发现，开始震惊世界。

我久久凝视着北京人的头盖骨化石。那粗砺的线条包裹下，我似乎看到了那双深邃的大眼睛闪着的灵动光芒。那光芒，能刺穿时间的堡垒，为他们的后人带来一种清澈的相遇。

天空，白云扭动着身姿，滑出一幅幅莫测的画面。

这是一种随意的神秘。

宛若洞内曾经随意的生活，在今日看来却浮游着的神秘。在周口店，我的内心，随着出土的各种物件，荡漾出一圈圈被风吹皱的涟漪。

石片、刮削器、砍砸器、断片，数以万计的石头制品。勾勒出北京人的生存智慧。自从保留下来火种，这些石器总能像一滩清泉一样，润泽着大地。

心怀敬畏，心存感恩。

敬畏这里的每一块石头，这些带着温度的石头；感恩这里的每一片草木，这些浸润着数十万年时光的草木。

想象，一条河流的声音

我的家乡，有一条季节性河流。

在陕北，这样的河流随处可见。雨水充沛的时候，河床就会被浑浊的河水占满。雨水稀疏的时候，河床就会被澄澈的溪水占满。这是一个很奇妙的事情。浊水会令河床丰腴，粗犷，而清水则会让河床纤细，柔婉。

小的时候，每天去上学，我们总会顺着河流的方向，从坍颓的水神娘娘庙出发，一路且行且歌。河床，成了我们前去学校的最佳道路。河床两边成片的蒲公英托举着苍白的小脑袋，静静地等候清风的到来。我最喜欢的草是藏匿于河床畔的车前子。它不媚不娇，生于万草丛中，侧耳听风，静待岁月无声的洗礼。车前子在中药中也有着极其重要的地位。它味甘，性寒。具有祛痰、镇咳、平喘等作用。很多中药方子中，都有它的存在。这些知识，是我日后在书中看到的。之前，我压根不知道，遍布河畔的车前子能有这么多的益处。那时候，我总会借着温润的细雨，将车前子从地上拔起来，小心翼翼地移植于我家院落那棵苍翠的枣树下。

车前子总会在我精心的呵护下，变得翠绿欲滴，在院落里独树一帜的存在着。

河床并不是很宽，约莫只有两三米。河床西边是立于地面数十米的高崖，东边是两米多高的坝垄。河床一直沿着崖底蜿蜒而行，从不侵占农人的一分土地。夏日，坝地上成片的向日葵如无边的大海，葳蕤蔓延。我们总会将向日葵叶子根部长出来的小向日葵采摘下来，别在用柳条编织的帽子上，一边嬉闹，一边放歌。从我们嘴里唤出来的歌子，也受了拦羊汉子的影响，信天而游，似乎也带着些许高原的冷峻和苍茫。头上裹着白色头巾的拦羊汉子总会出现在河床边的山崖上。那山崖陡峭嵯峨，却是草类的极佳生长之地。也唯有拦羊汉子才敢于挑战那么险峻的地方，我们只有仰视的份。有一段时间，河床来了很多衣衫整洁的青年男女，他们支着的画板上，裸露的石头，久远的石桥，苍老的枣树，白花花的绵羊不时出现。后来才知道，他们是西安美院的学生，结伴前来陕北写生。那时候，我是无论无何也不会将陕北那些平凡得不能再平凡的物什和艺术想在一起的。如今看来，是我缺乏发现美的眼睛罢了。这些美院的学生在大画家刘文西的带领下，创作出了数量众多享誉全国的画作。他们在美术界也被称之为黄土画派。

那时的我与画家们的距离那么近，又是那么遥远。河床周遭的一切给予了我对美的最初认识。原来散落在高原的每一棵枣树，每一孔窑洞，每一片天空，都是艺术般独特的存在。越是古老的，越是颓靡的，越是陈旧的东西，就越能勾勒出人们对于逝去的追恋。而我，也在潜移默化中，或多或少的在内心根植下艺术炽烈的火种。与画家不同的是，我爱慕的所有皆是用文字来描绘，来抒发。

夏日河水散溢出来的声音是婉转秀美的。河水潺潺的流水声，令人耳目清亮。我们沿着河床，追赶蛙鸣，在童年的虹桥上编织着炫美的天空。虽然，河床上没有圆滑的卵石，河床边没有娟秀的小花儿，但作为村庄唯一的一条河流，它任何的美，都是仅有的。比如那棵逝于时光中的杏树。

那棵生长于河床边的半山崖的杏树，带给了我童年无法磨灭的回忆。

春天，煦风吹拂下的杏树，像一朵巨硕的鲜花，插在半山腰，令观者动容。杏花，在芬芳了一条河流的午后，翩然起舞，将片片花朵，归于河水。此时的河水像极了一位刚出闺房的处子，沐浴着暖阳，缓缓流淌。待到五月，杏树已经褪去芳华，一粒粒饱满的果实在枝头轻快地摇曳。我们紧抓着树根，攀援至半山腰的杏树上，享受着酸爽的诱惑。从此时开始，我们将摘杏的活动一直要延续到杏子完全成熟。但往往还未等到杏子熟透，杏子就被我们掠夺一空。有一年，我的朋友小胖在使尽浑身解数后终于攀援到杏树上，而接下来的一幕，却让我们茫然失措。杏树脆弱的枝干终究没能将小胖支撑住。一声刺耳的撕裂声，从山崖传来。小胖连同杏枝，跌落地面，小腿骨折。虽然痊愈，但走起路来却一拐一拐的了。而后小胖的父亲，将杏树拦腰锯断。杏树，自此再没有开花。生满青色苔藓的杏树，像长在河床的一处伤疤。而那曾经的杏子，是多么让人怀恋呀。

夜幕降临，星空璀璨，霓虹闪烁，合上余秋雨的散文集《文化苦旅》，我的眼前总会闪现出那条河流上发生的一切。而每当此刻，我会不自主地闭上眼睛，努力想象着，静听着那条河流的声音，那些童年的声音。

岁月如水，芳华易逝。有些美好，却只能出现在记忆中了。

小花

我依稀记得，那个叫小花的姑娘，胳膊肘挎着暗黄色的竹篮，静静地站在葳蕤茂密的草丛中，眼睛微微朝着朦朦胧胧的远山望去。苍茫的远山上面，一抹抹厚重的彩霞缠绕着视线所能及的地方。落日像涨红了脸，在瓦蓝的天空中驻足流连。小花绿色的格子布衫上，被余晖照耀的艳色欢喜地跳跃着。在她那张娟秀的脸庞上，一丝丝暗暗的微笑，正偷偷摸摸地作祟着她周身的平静。黑黝黝的麻花辫，顺格溜溜地靠在清癯的脊背上。她似乎注意到有人在看她，匆匆地拐向梯田那边去了。

环绕在黄土梁上一圈圈工整端庄的梯田上，簇簇淡粉色的荞麦花正在安静地绽放。穿梭在荞麦花间的蜜蜂，当然是顾不得欣赏这向晚的美景了，忙碌着采摘新鲜纯嫩的花粉。小花闯入梯田上种植的荞麦花，惊起一群嗡嗡的蜜蜂，她竟然咯咯咯咯地笑了。那笑声，似乎要比那澄莹的河水撞击到卵石的清脆声还要悦耳。向晚的光色照耀在她粉扑扑的脸蛋上，她挥着衣袖，在荞麦花中舞动起来。定格在眼前的这帧美景着实让我眼明。那谁家的蹲坐在板石垒造的小窝前的老黑狗，慵懒地吠上几声，驱走院落里的大槐树上休憩的几只色彩斑斓的黄莺。窑洞前八九岁大的碎小子，手里拿了块土疙瘩，朝着老黑狗扔去。一个椭圆形的抛物线，不偏不正落在了狗窝旁的石板上，打碎了放在上面一个透明的烧酒瓶子。惊诧在一边的老黑狗，灰塌塌地钻进狗窝。小花就在这个时候，挎着篮子朝山顶跑去。修长的身影随着小花的奔突忽左忽右。她干脆扔掉挎在胳膊肘的装着野菜的篮子，伸开双臂，融入到绿油油的糜子林里了。似乎，只有在这个时刻，她才能忘乎所以地做着自己想要做的事情。在这个坐落在黄土高原的村庄里，迂腐的世俗观念还像傍晚交融在一起的炊烟，浮游在村子的角角落落。

我躲在桑树后面，扶着桑树凹凸不平布满褶皱的树皮，远远窥视着小花的每一个举动。足有巴掌大的桑树叶子密密麻麻地搅合在一起，活脱脱的一个体形硕大的遮阳伞。偶尔掉下些潮湿的汁液，将我土灰色的衬衫涂抹上一种别样的颜色。她突然蹲在稠密的糜子地里。已经看不见她的纤纤身影了，只是别在她头上暗红色的蝴蝶结在糜子的至高处一动不动。我猜想，小花是蹲在糜子地里尿尿了。我的脑海中浮想联翩地想着她尿尿的样子，她是只在一个地方呢，还是尿一下就向前或向后退一步，再尿一个坑。这种滋生在我心里极其龌龊的念头，充斥着少不更事的我。

十年之后，我已从糜子地旁边的那条马路背着沉甸甸的书包走出村庄，走进高原之外繁华的大都市。小花也从此杳无音讯。我时常依靠在透亮的窗户前想起那个静静的向晚，不禁莞尔一笑。

后来听母亲说，小花在我去县城上高二那一年，因为跟邻村的后生发生了有悖祖宗的丑事，她爷爷在没有锣鼓喧天的冷清场景下，将小花迅速远嫁到另一个县城，足有上百里的路。我时常在想，在黄土高原里出落得那么俊秀的小花，为何会做出如此让人瞠目结舌的事情。我在想，这件事情的其中，必有许多常人难以解答的谜团，正随着时间的流逝悄悄远去。我相信小花，她是清白的。或许，这样的想法更多的是一种弥留在我心底稚嫩的期冀罢了。

小花家住在村东头的第二家。在像拿刀子切过之后直上直下的峭壁上，她的爷爷奶奶备受苦楚，挖出来三孔结实的土窑洞。我至今依然记得，每天放学回家，远远地就能看见悬挂在她家墙壁上黄灿灿的玉米把子和红艳艳的辣椒串子，还有放置在院落里的打我记事起就没在使用的盖着破旧粗布的老石磨。我回家的路跟她家之间被一条四五十米宽的宽沟分割开，一条长丝带般的小溪在白茫茫的杨树枝干中涓涓迂回。杨树下，总有从田里归来懒散的村人，盘腿坐在葱郁的草地上打纸牌。每次我走过小花家对面的时候，总是看见小花默默地坐在发着亮白的硷畔上，朝着河沟发呆。我撅起嘴打一个响亮的口哨，她朝我看了看，随即嘴角便漾起暖风一样让人心动的微笑。我看见，在她绯红的脸蛋上，洋溢起来的微笑，是如此静穆、安然、贤淑、平静。那是无论如何也不能在她这个年龄该出现的安逸。仿佛只要在向晚的时候，安静地独坐在硷畔上乜斜远处的风景就足以让她心境朗逸，神清气爽。我看得清楚，柔和的微风轻轻拂起她动人的眼神时，她眼睛里溢满了浓浓的孤独还有丝丝缕缕的伤痛。我爬在她家对面一株翠绿的枣树之上，远远地端详着她那恬静的脸庞，傲人的身姿。她总是微微抬起头，看见我在朝着她做鬼脸的时候，笑一笑风一样转身朝窑里走去。或许是她爷爷在叫她拉风箱吧，或许是她奶奶叫她穿针吧！我一味地为这种小花转身走后留在我心中淡淡的怒火寻找合适的泯灭理由。

小花是个哑巴，却生得端庄美丽，素雅清秀。小花的妈妈在她三四岁的时候，便跟着邻村的男人去城里厮混了。有人说她其实不是亲生的，是她父亲在赶集的路上捡来的，有人说是她奶奶在苞谷地里抱回来的。总之小花的身世，对于所有的人都是一个深不可测的谜，没有人知道确切的答案。小花的爸爸在她妈妈跟着邻村的男人走后的一个黑黢黢的夜里，再也忍受不住旁人的指点议论和父母声声的责骂的煎熬，变得魂不守舍，精神紊乱，疯疯癫癫的了。自此之后，我在我走过的任何村里的角角落落，都会见到躺着睡觉的他。有时在谁家的柴窑里面蜷缩着，有时在碾道旁的老榆树下依靠着，有时候趴在冷冰冰的马路上熟睡着。而每次让人感到惊叹的是，他却并不像其他脑子不精明或者疯子一样有着脏兮兮的外表，破烂不堪的衣服。在他身上，我看不到任何的污垢。如果是外人，我确信他不会相信这是一个疯子。小花的爸爸也出奇地安静，从来不惊扰邻里邻居，从来不做让人生厌的事情。正是基于此，许多人都会将家中吃剩的饭菜端给他吃，他也是乐呵呵地吃完饭，将碗筷整齐地放在大门口的上马石上，然后唱着不着调的曲目摇晃着离去。

小花照样还是坐在硷畔上，呆呆地向着远处望去。唯一改变的是，我总在傍晚，看到她搀扶着她爸爸慢吞吞地行走在回家的路上。

放学的时候，我总是跑在回家队伍的最前面，照旧爬在枣树上，朝着她吹口哨。时间长了，她也不会转身就走了。我隐隐感觉到，小花已经把我当做朋友了。

十七岁的那年，我上高中了。

我仍然记得，在我去上高中的前一天，小花突然来我家找我，并且颤巍巍地从身后拿出来一个崭新的笔记本子。我高兴地从她手中接过笔记本。笔记本封皮上印着墨绿色的一丛翠竹，翠竹旁边憨态可掬的小熊猫嘴里噙着鲜嫩的竹笋，两只有神的眼睛紧紧地盯着我。我翻开笔记本，小花歪歪斜斜地在第一页画了两只紧握的小手。我从来没有想到，小花会给我送笔记本。当我再一次示意是赠送给我的礼物吗？她怯懦地点了点头，然后用手指轻轻地指向村西头的那条河沟。我知道她想跟我单独去村西的河沟转转。

正是九月，骄阳悬挂在湛蓝的天宇中火辣辣地炙烤着大地。菜园子里的蔬菜都像霜打了的茄子一样，耷拉着脑袋，没有一丝生机。村西头那条瘦小的水沟里，各种颜色的蜻蜓低飞在小河上空。迎风招展的芦苇林，摇晃着硕大的脑袋，像是浩瀚的大海中一波又一波澎湃的浪潮，向着远处快速地滑去，传来声声枝叶摩擦的沙沙响。码放在河边的草垛子，像是一间年久失修的屋舍，残缺不整，陈旧坍颓。停栖在指头粗的柳树枝上的灰雀，叽叽喳喳的，远远望去，活像一串串看不懂的音符。但我知道，那是一串非常动听的音符，它饱含着大自然的灵音，统摄所有物种的嘶鸣。紧跟在我身后的小花，静悄悄地走着。我用余光看到，她红晕的脸上，泛起了一丝丝难以言明的和悦。

我们顺着河水一直向前迈着，偶尔，一声猝不及防的蛙鸣，惹得彼此嘴角淡然一笑。一路上，小花紧紧地跟着我，每次我回头望她的时候，都会发现她正看着我，而触碰到我的目光时，她就急忙微笑着转头佯装注视其他物什。

就这样，我们一前一后，默默不语地走着，直到日头偏西，天色渐晚。

我很想告诉她，我曾远远地注视过她整个下午，那其中饱含的是一种淡淡的喜欢与爱恋。可是又怯于表达，再者那是一件多么羞耻的败坏家风的事情呀，怎么能让她得知其中缘由。我朝着天的尽头望去，那日的朝霞分外炫丽，我看见一如挂在树梢上的苹果般红彤的太阳，顺着河沟两面峭壁的山崖缓缓降落。小花站在我的身边。我几次都想抓住她纤细而又嫩白的小手，可终究没能如愿。到最后，还是小花无意中碰了下我的手指，抑或是故意的，我却瞬间感觉到浑身被一种灼热的激流左右着。我感觉小花也是一样。

多年以后，当我伫立在窗前的时候，那个暗绿色的身影依然清晰地闪烁在我眼前。或许，那些过往的犹如云烟的年少早已不在，而小花却像镌刻在石壁上遒劲有力的笔画一样，硬硬地矗立在记忆的院落中，等待着我时不时地窥视。

他们一家悲惨的遭遇，却令我每每眼圈湿润。至今，我仍然不能相信，小花后来发生的事情。至少，这样一个背负着沉重精神压力的家庭再也经不起任何的打击了。我扶了扶下滑的眼镜，眼睛里分明已沁出浅浅的泪水。

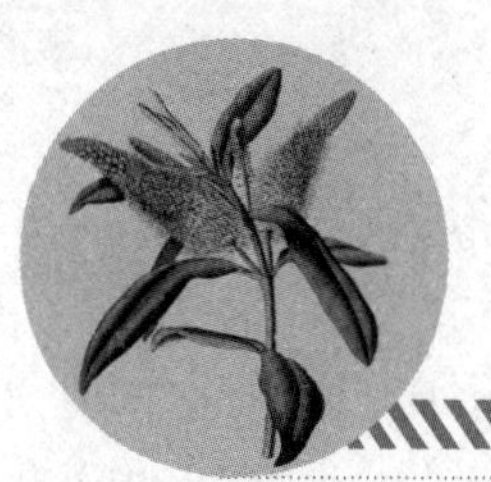

第四辑　侧听清风

怎样生活，是一种态度。

在忙碌之余，倚在窗前，侧听一缕悠远的清风徐徐拂来。淡茶，已在宁静中释放着馥郁的芬芳。飘扬过的清风，如同裹挟着无数故事的经历者，如丝如缕，如歌如泣。

一个静幽的午后，一段悠远的记忆，一折泛黄的历史，在一株翠绿欲滴的君子兰旁，恣意绽放。

贺兰，贺兰

触摸一段云烟的温度，在浩瀚的田野之上。我把一壶美酒，安静地洒下。在巍峨的贺兰山前，任馥郁的酒香，亲吻那苍石之上显而易见的，久远。

假如一抹酒香，能润泽那些粗砺的线条。

假如一抹酒香，能抚慰千年风雨的婆娑。

假如一抹酒香，能激活贺兰山岩画沉睡的魂灵。

我踏着浓绿的草地，用一种飘飘欲仙的状态，迈进那潮湿的历史。渴望，在一阕阴雨天里，能与贺兰山下几万年前的你，相遇。

有零星的羊儿点缀在绿意之上，像地毯上的纹路。

有孤悬的鸟儿在清远的苍穹中作画，像细腻的工笔，一条条，勾勒出苍穹的骨骼。

我记得有一个雨夜，我曾在巴丹吉林的黑黢黢的岩石上，与你有过一次短暂的相逢。今日与你，算是又一次明澈的叙说。

我用指缝间的温柔，拂过你久远的躯体。冰冷的岩石上，似乎在某一瞬间，升腾起你溽热的笑靥。

经历了千年，你终于不再孤独。

和我一样，来自四方的游客，不约而至。

你亘古的芳容，你承载的故事，早已成长成一段传奇，不朽的传奇。

云彩，在这里凝聚成一泓泉水的清凉。

一切都在缄默，缄默成一朵优雅的秀莲。

包括那满山的野草，包括摇曳的山花儿，包括稀疏的落叶木。

似乎，有丝丝缕缕禅意，在山川沟谷间，肆意地弥漫。

贺兰山，贺兰山。

我能感受到，浮游在山脊之上唐古特人的坚韧和不屈，如同贺兰山那般坚硬。

颓圮的城墙，腐化的旗帜，经典的文字。哪怕千年之后在一个谓之黑水城的地方重见光明，在潮湿散尽，那凛然正气，仍英姿飒爽。

不论古今。贺兰山，就是一座精神的高地。

一骑驰骋去，尘土飞扬。

当尘埃落定，这里的一切依然如春雨一般柔软、绵长……

哭泣的巴丹吉林

残阳如血。

迷失的狼群，已经失去狰狞的面孔和勇者的锋芒。一望无垠的荒漠之上，只有始终如一的，不生植被的荒原，以及苍茫的苍穹中一直炙烤着荒原的太阳。漫漶的风暴，马不停蹄地向前赶着。像一群饥饿的鬼魅，已经顾不得迷惑俊朗的书生。倒在地上枯黄的胡杨树，死而不僵，身体依然健壮。像皱纹一样爬满毙命的胡杨树的疮疤，密密麻麻，却依然在沙暴中诉说着苍白的历史，还有那些似乎沉沦在沙漠中的传说。没有谁能明确它们究竟在期盼什么结果。

巴丹吉林沙漠吞噬掉的土地，没来得及一声伤心的恸哭，就化作一幕遒劲的风暴奔突远去。干燥的沙粒，滚烫的溽热，像深夜猫哭一样悠长的哀鸣的烈风，就是这里全部的生活。集偶然与恍惚于一身的断裂城墙，灰塌塌地哆嗦在暗无天日的时光中。坍颓的土台子，被沙粒侵占的墙体，露出了坚韧的筋骨，一堆一堆，堆积在一起，像是一具干枯的尸体，却有着常人无法企及的毅力与坚持。

驼队慢吞吞地走过城堡，声声如天籁般的驼铃声，冗杂地驶向漫无边际的沙梁，迅速淹没在沙粒的缝隙中了。这是数百年前的情景。列列商队，踩着松软的沙漠，迎着刀刃般割在脸上的风尘，艰难前行。骆驼高大的体型，遮挡住太阳的光芒，一条条射线般的光丝，从驼峰周身挤出来，直直地扫射着沉默不语的砂石。它竟然就这样集中光色，毁灭了爬行在砂石上一条条粗砺的线条。那酷似男女交欢的糙图，男根坚实地插进瓷实的石壁，当然，现在画满擘画的石壁，早被历史调教得服服帖帖，甚至消亡。

这是拿什么思想刻上去笨拙的图案，将远古人类对世界的认知刻画得如此详实——有的爬满星罗棋布的耀眼星辰，有的骑着怪兽追赶逃亡的猎物，有的躺在野外抒发男女之情，甚至有的像能从石壁上轻松地走出来安排一天的行程。巴丹吉林沙漠，遮掩住多少惹人深虑的传说，多少毛骨悚然的谶语？无人知晓。那狂躁的风暴，留不下任何的解释，它只会将过去掩埋得更深，更让人不易察觉。

巴丹吉林沙漠以前应该是芳草葳蕤树木茂密的宜居之地吧！断裂的砂石上，有简易的线条勾勒出来茂腾腾的草木，有秃鹫飞旋的身影。那必定是一个芳草萋萋，鸟语花香的世界吧。而有一天，被萨满或是巫神预知的诅咒，像飘扬而下稠密的雪花，迅速蔓延在整个巴丹吉林，一夜之间，所有的文明，消失殆尽。荒漠开始霸占新的地盘，狂风开始号令新的臣民。终日不尽的风沙，将历史的车轮，从此滚过，寸草不生！

四野悲凉，哀声凄凄。

落满了矮小落寞的骆驼刺。

落满了瘦弱凄迷的胡杨林。

落满了爬满足迹的石头壁。

落满了历史厚厚的尘埃……

没有一首凄凉的歌曲能唱出巴丹吉林沙漠深处的凄惨，没有一篇文章能够写出巴丹吉林沙漠内心的孤寂。它们已渗进每一粒沙子，覆盖住每一块瓦砾。所有能够流动的筋脉，都已凝固。这里带给人们的，只有遍地死亡的气息，永无止境的悠长哀叹！

沉沦于沙漠之上的绿色，只会出现在神秘的海市蜃楼。这或许就是上帝赋予巴丹吉林最后的希望吧！那青砖白墙，那小桥流水，那人声鼎沸，那群鸟啁啾……恍如梦幻般的景象，竟能出奇地展现在巴丹吉林沙漠与苍天交合的地方。似乎是一种冥冥的安排，让人们在除了绝望还是绝望的眼中，眼前一亮。海市蜃楼随即被唤走，又似乎隐隐地告诫人们，这只是一种缥缈的幻影！多么悲惨的折磨呀，就这样一次次，降落在发疯的巴丹吉林沙漠。

那岩石上稠密的疼痛，随着岁月的流逝，成长为挥之不去仿佛身体上的某一部分。日头越长，疮疤越大，越瓷实。

灾难就这样，降临，生长……

日复一日，年复一年。

哭泣的巴丹吉林沙漠，每一粒珍珠般晶莹的泪珠，都犹如草叶上滑动的露水，空灵剔透。泪珠重重地坠落在干燥的沙漠中，被干涡的口子，囫囵吞下。

如此令人悲凉的一幕呀！却时时都在发生。它触碰着每一根跃动的神经。

苍天还怒气未消，海市蜃楼般的美景，还在远方远一点的地方。岩石，沙粒，蜥蜴，长蛇，城堡，土堞，它们都要生活下去，为心中无数次坠入灰烬的希望，承受莫大的苦难，悲伤。

终于有一日。

一座沙城，在沙粒依依不舍远离之际，露出了枯黄的躯体。被沙漠侵占掉的轮廓，一一袒露出来了。四方的城堡，高大的城门，耸立的石塔，一切都是如此的悲壮、苍凉、雄浑、瑰丽……一座沙城，就这样映入人们的视线。那随风抖动的旌旗，写着模糊的字眼，也隐隐渐次出现。

高高的桅杆上，血迹斑斑，凝聚起了多少生的希望，生的不甘。蹲坐在赤裸的石城双眼炯炯的苍狼，咬住秤砣大小的落日。一声久远的嚎叫，唤醒多少沉睡的魂灵。

沙城的出现，甚至开启了一扇失踪的王朝大门。

灰白色的佛塔上，鎏金的塔尖，深深刺入灰黄色的云端。塔身下坍塌的碑文上，一些鲜活的文字，阴森森地并列在一起。细碎的断纹，仍然没能挖去文字中间一些尘封的记忆。突然，一座院墙轰然倒塌，呛人的尘土游离其间，而后不舍地离去。一本本熠熠生辉的经书，瞬间堂而皇之地显露出真容，一个消亡的民族，自此闯入我们的视线——党项。

沙城似乎双眼惊诧，呆滞地盯着贺兰山下林立的用黄土夯筑起来的西夏王陵。它们应是不相信，兴庆府会在梦醒后烟消云散。殊不知，骑在马背上从远远的藏西北历经千险万难迁徙而来的党项人，早已在成吉思汗的一怒之下，被刚刚西征花剌子模国凯旋归来蒙古铁骑踏平，以至于悄无声息，没有哭泣声，没有一场淅淅沥沥的雨水陪伴。

一个种族彻底灭亡了，河套平原上一如江南的塞上宝地被人霸占了，似乎刚产生就赋予神秘色彩的文字消失了，失魂落寞的西夏，从此不复存在。像一阵风似的吹走了的传说，背影漠然。

巴丹吉林，你冷峻的双眸，突然溢出了颗颗泪珠。一声巨雷，天气骤变，大雨倾盆。哭泣的巴丹吉林，横跨东西的虹桥，描绘起色彩斑斓的梦境。天空不再昏黄，不见尽头的瓦蓝绵延而来。雨水浸润下的沙漠，一片片绿洲，在沙柳树下，蓬勃生长。

在观音山，隐退尘世的垢

向晚的余晖，像薄纱一样空明，淡淡地笼罩在观音山的上空。一圈圈霞光中泛起的涟漪，围绕在殷红的落日的周围，一圈套着一圈，向溽热的地平线下，缓缓下沉。此时的速度是缓慢的、柔和的，一步步，仿佛空寂的南房里面突然冰冷地漂浮出来一抹缭绕的香烟一样，你看不见它移动的步伐，也看不到它袅娜蹁跹的脚印。一切，所有目所能及的事物，都放慢稠密的脚步，止住聒噪的喧嚣，融入在观音山幽静的景致中了。

我坐在浅浅的草滩上，那些草儿，举着嫩黄色的长矛，一列列，一排排，消失在远远的天边。柔和的阳光，轻轻浮游在我的视线中。一个深深的呼吸后，一些丝丝缕缕的悠然，就和着芬芳的檀香，将浑身上下最后零星的躁动浸润，最后化成了周身耐人寻味的惬意了吧，我想。这一种难以捉摸的感觉，似乎在此刻，如此缥缈，如此神游。我太在乎这种世间少有的感觉了，索性放开所有的羁绊，静静地躺在青青的芳草之上。碧空无垠的蓝色，被一声声清脆的啁啾打扮得更加惹人心动了。我闭上倦态的眼睛，让棵棵古树名木将我深深地掩埋，掩埋掉所有的浮躁吧，让纯洁的魂灵在阵阵清灵灵的风铃声中沉浸吧。

脑海中，一列火车迅疾地朝我开来。忽闪而过的隧道，融合着急促的号角声从视线里后退。而后立即出现的便是高楼林立霓虹闪烁纸醉金迷的都市景象，以及所有都市呈现给人们一贯的疲倦与不安。我猛然睁开双眼，这一切，为何我此时是这般惧怕；这一切为何一闭上双眼，就呼啸而至。我曾经追逐过的那些大都市里弥漫的理想，如今是那么的苍白；我曾经梦想的生活在水泥森林里面的幸福，如今是那么的浮华。点缀在天空飞翔的鸟类，在弧线的行迹里，留下吱吱喳喳的鸣叫，似乎是一首悦耳的歌曲。它吸纳了大自然所有灵动的音律，一声声，将我迷醉。还有那远处传来低沉深邃的诵经声，由远而至，走在我身边，片刻，又朝着四面八方流淌。当心灵完完全全地沉浸在观音山素雅的佛音时，摈弃浮世的包袱，是一件多么令人赏心悦目的事情呀。我坐起来，硕大的观音塑像，静穆地朝着如潮涌般走来的朝拜者微微含笑。此时此刻的我，情不自禁地双手合十，虔诚祈祷。耳畔灵动的佛音，袅袅的清风，和煦的夕阳，灿烂的微笑，都开始光临我的全身。我乜斜着观音塑像那张永远淡然恬静的脸庞，似乎隐隐看见她嘴角一抹抹会心的愉悦，朝着我飞奔而来。苦海常作渡人舟，这是世人给予观世音菩萨的赞词。我在想，她那肃穆的目光，曾经让多少迷乱的世人，在千钧一发之际，悟得生命中所蕴含的真谛。她总是慈祥地坐在圣洁的莲花之上，默默地注视着凡世的一举一动。心诚则灵，我始终在心底暗暗地祷告，或许更多的是追求精神上的一些慰藉，长久下来，却将我养成了遇事不惊、不急、不乱的身心俱宁的处世心态，这也许要比灿灿的金银珠宝，更让人深感欣慰。

令人目不暇接的林木，一簇簇，一丛丛，紧紧挨在一起。团团阴翳，遮蔽住了尘世喋喋不休的冗杂；茵茵绿意，洗涤掉漂浮在城市之上处处呛人的尘埃。

缓缓走在随山而上整洁干净的林荫小道上，缭绕的霞光紧紧地依附在观音山身上，让我对这凡尘中最幽静的神圣之地，感觉越发与众不同了。霞光顺着山势穿插过细碎的翠叶，点点滴滴的光芒，映照在幽邃的小道上，仿佛时间在此已骤然停止——生命中最令人悦目的光景扑面而来。顺着小道，缓缓直上。那亭台楼阁之上片片闪着鱼鳞般碎光的黄色琉璃瓦，那犹如凌霄宝殿赋予神韵的涅白的大理石柱，那仿佛涂抹上束束霞光的暗红色的窗棂，都悬浮一般呈现在端庄隽秀的观音山上。此刻的观音山，多像一个小桥流水人家的大家闺秀，双眸凝聚着绚丽的光彩，一身秀丽彰显烟雨之中的点点神韵。观音山，我已将我的灵魂，寄存在这里，而我的躯体，将永远秉承着你身上沁发出来的丽质、清新、聪慧，走过流年留下的每一段或是平坦或是泥泞的道路。

在漫漶的记忆中，我总喜欢沐浴在寺庙的佛光之下，坐在穿着粗布褂子的老人们中间，双手托着下巴，目不转睛地看着老人们络腮胡的一起一张，神情专注地听着他们诉说出来关于佛教的事事物物。也许对于一个孩子来说，老人们嘴里描述的故事是那样遥远，那样悠长。而自小，我却从没感觉到他们念叨的繁琐，相反，却听得津津有味。从老人们的故事中，我模模糊糊地明白了一些肤浅的道理：好人有神灵照应，会有好报，坏人十恶不赦，死亡后难逃地狱之灾。在佛光的抚爱下，我将佛学教人的处事之道深深烙印在心底。去了东莞，便是一定要去观音山了。大大小小遍布终南山之中的寺院，我去过不少。而唯唯在踏进观音山的第一步起，就让我感觉到了，它异乎于其他寺院的感念、淡然、幽深……

走过观音像前，我静静地，朝着远处观望。

浸润在观音山漫漶林木中的芬芳，犹如一杯杯芳香的茶茗，在内心深邃的世界里，缓缓地流淌……

有座古镇叫青岩

河水依恋，挽着青岩。一个个日子，便成了岁月，一个个岁月，就成了永恒。

在中国广袤的大地上，古镇层出不穷，何其多也。江南有闻名遐迩的周庄小镇，川、陕、甘三省交界处有古朴的青木川古镇，湘西泸溪沅水河畔有浦市古镇……它们星罗棋布，擎举着一个地方的文化大旗，吸引了数以万计的游客。可要说顺山势修筑的古镇，我看全国或许也只有贵州花溪的青岩古镇了。

古镇依托的或是水的柔婉娟秀，或是交通要冲的一夫当关万夫莫开，或是琴棋书画文人效应，终其一点，各有特色，各有千秋。我去过很多古镇，大量的文人墨客也为这些古镇留下了灿若星辰的溢美之辞。比如在周庄，大散文家王剑冰用他细腻恢弘的笔触写下的《绝版的周庄》就名博四海；比如著名作家叶广芩以青木川为基础创作的小说《青木川》，气势磅礴，可谓鸿篇大作。我的文字拙笨，自然不敢与这些大家并论。只是愿意在对我心灵有所感触的地方，放慢脚步，听细鸟啁啾，品淡茶氤氲，然后付之于清瘦的文字，抒发情怀。而这个幽静清雅的青岩古镇上的一草一木，一山一景，皆在我的心间停驻。

你瞧，青岩古镇此刻的晨曦正拨云见雾，弥散在苍色的古城墙上，弥散在青砖白墙上，弥散在一抹缓缓的山坡上。坡势轻缓，如蛇般逶迤的巷道向上延伸，延伸的路途两边，便有了飞檐，有了黛瓦，有了一栋栋飒爽姿色的屋舍。

幽雅，是它的灵魂，也是它格外醉人的地方。

穿一湾如川绸般细软的小河。那河水静谧，清澈委婉，在林木的掩映下，如女人的腰，柔美淑雅。空气里弥漫着，尽是草木释放的清香，带着泥土的拙朴，携着岁月的馥郁。顺着青石造就的小道，我把双手优雅地插在裤兜，任那偶来的清风，撩拨着我的兴趣。小镇城楼雄奇，城墙古拙，仰头直视，女墙齐整，旌旗招摇。越过门洞，就正式踏入了青岩。我的内心，倏忽间漾起了一股莫名的冲动。

眼前的一切，宛若一幅幅素朴的水墨画缓缓打开，而那城楼，就是印章，远山，就是背景。

据说，古镇以青色的岩石而得名，是一座因军事城防演化而来的山地兵城，一直有着贵阳“南大门”之称。明初，青岩古镇初设屯堡。随后布依族土司班麟贵建青岩土城。作为军事要塞和所占的特殊地理位置，其后数百年，多次扩建。原来的土城垣改为了石砌城墙，街巷也采用石头铺砌。四周城墙用巨石筑于悬崖上，坚不可摧。如今，硝烟已逝，车辚马萧鼓角争鸣早已成为历史。这座古镇，也褪去了曾经的作用，矗立于山水旖旎之处，成了人们的休闲养生之所。

穿行在巷陌之间，身心俱静，别有一番清雅脱俗之感。巷道的墙体由石板一块一块堆砌而成，任凭岁月的风雨腐蚀，它们岿然不动。有青色的苔藓如水一样从墙体渗了出来，让狭窄的巷道显得愈加幽深。头顶，是绿色的植被，它们肆意生长，宛若一把把撑开的伞，为行走在里面的人遮阳避雨。路面是用光滑的石板拼接而来的，形状不一，却严丝合缝。

青岩刚刚落了一场细雨，细雨来得猝不及防，走得也悄然无息。在一家古朴的农家院落躲了一阵雨后，推门而出，那洗濯过的巷道湿漉漉的，仿若一位刚出浴的美人，肌肤细腻，纹理翩然。

漫步在青石上面，沐浴着从枝叶间跌落下来的碎斑阳光，别具风情。拐角一过，梳着长长麻花辫的妇女，双手在胸前握着白布袋的口子，布袋顺溜溜地搁置在她微驼的脊背。遇见我的时候，她微微示意，脸颊漾起一抹笑容。妇女约莫四十有余，面容却落得清秀，想必定是青岩的山水滋润了她惬意的生活所致。我急忙点头示意，两个人，就这样匆匆擦肩而过。在青岩，你总能遇到这样简单却温暖的画面，让人心头愉悦，似又回到了青涩年华。

经过一条条巷道，已至中午，饥肠辘辘。正是此刻，与我撞了个满怀的，是一块斑驳的门匾，门匾上书“古道遗风”，字体苍劲，颇具风骨。院内的茶香，已顺着青灰色的砖墙，在巷陌间弥散。我推门而入，满园春色迫不及待地向我扑来。饭店古香古色，错落有致，点缀在院落里的林木细瘦端雅。找了一个清亮的位置坐了下来，简单点了一个菜，便在袅袅茶香里尽享美味。

席间听闻青岩有一文昌阁，被誉为“花竹掩映，青岩胜境”。于是，饭毕，便径直朝文昌阁走去。建于明万历年间的文昌阁，为悬山顶砖木结构，坐南向北的二进四合院。前殿供奉孔子及三千弟子中的七十二贤士，二进院水星楼内供奉文昌帝君。文昌阁内还有书院一座，名为青岩书院，坐落于高高的台基之上。拾阶而上，到达书院之时，才发现书院的恢宏气势，蔚为壮观。放眼望去，楼台殿阁，砖雕石刻，鬼斧神工。高超的技艺，绝美地呈现在我的瞳孔里。推开朱色大门，屋舍内典雅整洁，书香弥漫。

漫步青岩，我如同沉浸在微波涟涟的湖水之上，那湖面平静，莲花恣意。浑身，似乎置于萃取后的时光之中，澄莹，剔透。这里的一花一草，一砖一瓦，让人旷达，也让人淡然。如此小镇，竟让此次的揽兴，成了洇开在我心间最美的风景。

转身离去，我已不敢回望，全身轻飘飘的，再也不似在青岩古镇那般沉着，泰然了。

摇曳在莫高窟的苦痛

满目的黄沙，在秋后的傍晚，散发着金色的光芒。

沙漠和苍穹接壤之处，向晚的余晖，将天地共染为一色。那孱弱的太阳，像是镶嵌在灰蒙蒙的天空一颗炫彩的玉石，为莽苍的大地，奉献着最后的一抹光晕。孤独的烽燧，历经几千年时光的冲洗之后，依然屹立在戈壁之巅。它的根，已经深深地扎入厚实的土地，任凭那剧烈的风沙侵蚀，任凭那灼热的阳光曝晒。烽燧依然挺直了胸膛，炯炯的目光，狰狞地守卫着西北的边疆。

出亘古的黄土高原，穿越在雄厚的蒙古高原与嶙峋的祁连山之中横亘东西的河西走廊之上。孤独和落寞，会随着身体旁掠过的黄沙，紧紧相随。皲裂的土地上，一些皑皑白骨，在风声鹤唳之下，叙述着历史的沧桑。

在狭窄的河西走廊之上，历史的云烟之中穿梭而过的驼队，在烈日灼热的摧残之下，踽踽前行。耳畔呼啸而过的劲风，刺耳的肆虐声如同鬼魅的嘶鸣。夹杂着石子粒的黄风之中，骆驼静卧在地上，把自己装扮成一座坚固的城池，护佑着人们的物质和野心。身边的一座座城池，也在历史的洪流之中进入耄耋之年，变得老态龙钟，早已没有了往日的雄劲。城池的表面，砖土结构已经损毁。只能看见被风侵蚀过后一窝窝残存的石灰渣子，镶嵌在坚硬的土墙之内，成为了历史的遗迹，偶尔向人们诉说着残缺的往事。所有的一切，都经不起时间的袭击。它像一把锋利的刻刀，一丝一毫，切割着属于曾经的繁华和威严。西去的驼队，似乎已经习惯这样的境况。尤其是这萧索的秋季。干涸的大地之上，已经没有了一丁一点的嫩绿。而驼队，却依然在向晚的夕阳之下，在大地被绚丽的暗黄色染成佛国色彩之时，迎着微弱且温暖的阳光，向西而行。狂风已在某个时辰，尽数施展完自己的本事之后，选择远去。在远离中原的西域边陲，任凭黄风如何肆虐，它的本真，一如既往。河西走廊之上，瘦小的蜥蜴，在零散的骨头间穿梭，似乎在寻找着一顿饕餮大餐。驼队之中，不乏有衣着破旧的僧人。他们目光冷峻，表情默然。手中的佛珠，在衣衫间微微摆动。皲裂的嘴唇，念念有词。干瘦的身体，如同河谷之间，一株株枯死的草木。虽然周身腐朽，却依然正气凛然。

会有声声清脆的驼铃传来，像是一股清泉，汇入内心深处。古老的谶语，溢满不解和神秘的岩画，不安的嘈杂厮杀，雄壮的牛角声声，都在一瞬间，隐退在脑海深处。那犹如玉石坠盘的清灵之音，正是丝绸之路上，久远的回响。

踩着沙土和圆润的石子混合而成的戈壁，黄褐色的奇伟山峰之上，所有的视线，都似乎在孕育着死亡。千年死而不僵的胡杨树，其状雄奇，其形悲壮。一片片，一簇簇，把死亡写进土地，把绿荫留给历史。或许，那个年轻气盛器宇轩昂肩负帝国使命的张骞，那个金黄头发绿眼睛的西欧人马可·波罗，那个从中亚走来的探险家马尔奥·奥莱尔·斯坦因，以及更多的人曾在这片胡杨林下驻足休整。这片胡杨林，也许曾见证过河西走廊的熊熊烈火边塞烽烟，见证过河西走廊的秣马厉兵鼓角争鸣，见证过西欧探险家们的狰狞嘴脸，也见证过丝绸之路因政治绞杀一度默然而立悄无声息……

顺着霍去病铁骑西击匈奴的线路。河西四郡，由东向西依次排列。武威、张掖、酒泉、敦煌。它们是钉在河西走廊四颗强坚不可摧的城池。在旌旗飘扬的城池之上，年轻的霍去病，手执利刃，用大汉的无坚不摧，震慑着欲动的匈奴，同时护卫着数千公里的“凿空”。

一路向西。一条清澈的河流，倏忽间出现在视线的远方。远处黑黢黢的祁连山脉上，雪白的积雪，在向晚显得分外妖娆。河流，绿洲。在这块叫敦煌的地方，突然出现。绿莹莹的草地，清澈空灵的河水，仿佛置身江南。

在鸣沙山，落日的余晖轻轻浮游。被霞光染成金黄色的云彩，也扭动着婀娜的身姿，似乎只要有几件简单的乐器伴奏，便能舞出霓裳羽衣舞般的迷醉。而鸣沙山，注定不会在亘古的河西走廊，孤独的存在。因为一个人的开始，敦煌变得举世瞩目。

公元344年，一位名叫乐僔的僧人，途径宕泉河谷，在路过鸣沙山之时，正值黄昏。鸣沙山在金晖的笼罩之下，显现出千佛的景象。乐僔惊诧地望着眼前金黄的鸣沙山。在短暂的一番思索之后，他决定停下脚步。历史就是如此，如果没有乐僔的驻足，或许鸣沙山会和其他山脉一样，默默无闻。鸣沙山上，常年漫漫黄沙，却止不住僧侣的信念。乐僔一边弘扬佛法，一边开始在鸣沙山上开凿石窟。敦煌，始有第一个石窟。此后数百年，开凿鸣沙山佛窟的活动一直没有止息。从死亡沙漠塔克拉玛干沙漠走出来的人们，在经历了九死一生之后，虔诚地跪拜在莫高窟前，感谢佛祖的庇佑。而从中原走来的人们，也在敦煌石窟的佛国世界前驻足、祈求。祈愿西行之路一路顺畅。穿行于河西走廊的僧侣、驼队、军队，为筑造敦煌贡献出最初的资金。敦煌莫高窟，在无数个日日夜夜艰难的凿刻之下，逐渐成型。

漫步莫高窟，炫彩斑斓的壁画之上，交脚而坐的佛陀，静穆幽思的菩萨，被一支支历史的大笔，缓缓刻印下来。冰冷的岩石，被赋予了更具希望更富神圣的意蕴。从德行高尚的和尚乐僔拄杖西游至此，见千佛闪耀，凿下第一个石窟开始，十六国到元朝，石窟的开凿一直延续。千年来，乐僔的那个石窟早已无法分辨，而莫高窟历经岁月的侵蚀仍保存着七百五十多个洞窟。徜徉在这座人类的艺术宝库之中，四万五千平方米的壁画，三千余身彩塑，像一个个炫彩神奇的故事，如梦如幻地叙说着佛学世界的斑斓和信念的忠贞不渝。

在描述释迦牟尼前世的一幅壁画之上。一群饥饿的老虎，四肢无力地躺在地上，它们已经有数天没有进食，死亡的阴影萦绕在它们之上。释迦牟尼看到之后，心生怜悯，便持刀割肉，喂饱老虎，以致死去。一个个形象，在工匠的悉心酝酿之下，用颜料和笔锋，为我们描绘出一幅线条优美，栩栩如生的极具震撼的佛学故事。正是这种超凡的信仰，才使得佛学在华夏大地之上，遍地生根，为处于苦海中挣扎的人们，带去无边的精神慰藉。

宁静的戒坛之上，凹凸不平。在某个清晨，当和煦的阳光洒在戒坛之上，空灵的诵经声缓缓而起。一个为了躲避战火的世人，神情安然地跪坐在戒坛之上。或许，尘世的刀光剑影，已经斩断了他的所有。只有潜心佛法，才终得解脱。恍惚之中，一把锃亮的刀具在僧人的手中，起起落落。倏忽间，象征着人世烦恼的毛发，便在暖色的阳光之下，簌簌掉落。而那时候戒坛边壁画，色彩饱满，精神焕发。正是它一生中最美好的时光。

元朝，随着海上丝绸之路的繁盛，陆上这条沟通东西方的文化通道逐渐没落。敦煌莫高窟，站在历史的边缘，开始了它一生中最为悲惨和暗淡的岁月。

二十世纪初。随着清帝国的没落而无暇顾及西北地区，一大批披着科学考察外衣的考察队从四面八方赶来，他们手持马可·波罗的《马可波罗行纪》和玄奘法师的《大唐西域记》，马不停蹄地朝着中国的西北聚拢。一大批珍贵文物，在他们的威逼利诱之下离开中国，成了中国文明史上最悲惨的痛。这个时候，敦煌莫高窟一个普通的道士王圆箓，登上了历史的舞台。

某一日，一声震天响的惊雷之后，在敦煌石窟掩藏了几千年的秘密，从历史的尘封中不合时宜地走来。道士王圆箓拨开灰尘，看到洞窟内整齐码放的无数卷轴之后，惊奇和诡异同时溢满了他年迈无光的瞳孔。等尘埃落定，他缓缓钻进洞窟，在微弱的灯光照射下，那些泛黄幽静的经卷、地方文书一股脑全都塞进了王圆箓的视线。他颤巍巍地拂去卷轴表面厚厚的灰尘，那一瞬间，密密麻麻状如天书的文字欢跃地跳入他的眼帘，似乎期待着他的解读。木讷的王圆箓肯定不会知道，这些晦涩难懂的文字，正是西域各种民族文字的汇聚。回鹘文、西夏文、藏文、蒙古文、汉文等数种文字跃然纸上。一个个，一串串，挥舞着历史的笔画正向着王圆箓那张迷茫且无知的脸庞招手。王圆箓像是一个打破油灯的老鼠，胆战心惊地走出幽暗深邃的洞窟。此刻的王圆箓，心里想着，这些陈旧的东西究竟能给自己带来什么改变？在安抚完其他道士之后，王圆箓带着部分经书画卷马不停蹄地朝着官府走去。官府看到这些残破的经书画卷之后，丢在一旁，甚至口出诳语：此等书法，尚不及吾之书法劲道、张弛！

王圆箓在吃了数次闭门羹之后，狠劲地踢了一脚散落一地的卷轴，将藏经洞简单地处理一番之后。开始了一个道士在纷杂的乱世之外庸庸碌碌的平淡生活。文明的大门似乎在此刻，受到了王圆箓强有力的护卫。而结局，绝非如此。

莫高窟，在一夜嘶鸣的狂风之后，又归于平静。

直到 1907 年。

从法国远道而来的伯希和，是一位精通汉语和汉学文化的法国学者。某一天，在新疆带领考古队进行考古的他，意外看到一卷唐朝写本的经书之后，贪婪的神情便浮游在他幽蓝的眼睛之上。在打听到经书的来源之后，他不顾一切，朝着塔克拉玛干沙漠之东的敦煌迈进。

此时，古铜色肌肤的王圆箓在敦煌风沙的长期侵扰之下，显得更加沧桑。他坐在莫高窟的石阶之上，远远望着巍峨的三危山，面无表情。玄奘法师是华夏大地家喻户晓的佛学法师，王圆箓自然也不例外。而在王圆箓守候地敦煌莫高窟壁画之上，也有对于玄奘西行的描绘。王圆箓自诩为玄奘法师的忠实追随者，在敦煌这偏僻的一隅，苦痛地没有期望地生活着。

一路风尘，当伯希和来到莫高窟之后，眼前壮丽的洞窟和灵动的壁画瞬间震撼了此行的每一个人。此刻，他周身所有的倦态，在看到莫高窟的时候，烟消云散。伯希和找到王圆箓，几次的谈话下来，他终于从只言片语中了解到王圆箓的喜好。他自诩为玄奘法师的弟子，一路风尘仆仆追随玄奘法师的步伐从佛学起源地印度而来。从那一刻起，他便用谎言一次次激荡着王圆箓内心最柔软的地方。终于，在伯希和的谎言围攻之下，王圆箓放下了内心最后的心理屏障，他甚至拒绝了伯希和的银两。一个黄昏，他带着伯希和打开了藏经洞……在伯希和深深的车辙印之后，质朴的王圆箓，甚至还在为圆一个玄奘追随者的梦想而沾沾自喜……

风沙中，伯希和满载而归，离开敦煌。也就是这一次的“骗取”，带给了伯希和毕生的荣耀。离开敦煌踏入欧洲大地的那一瞬，伯希和便成为了欧洲人眼中汉学研究之巅的佼佼者。而对于古老的中国，却是一次前所未有的灾难。他的荣誉，是建立在古老中国深深的伤疤和痛苦的泪水之上的。那个外表木讷质朴的王圆箓，不经意间，成了我们谈起莫高窟绕不开的风云人物。

这期间，西方的文物盗贼犹如找到了打开莫高窟的秘钥，接踵而至。

中国文化的空前浩劫，开始了。斯坦因、伯希和、橘瑞超、鄂登堡……这些被冠以“探险家”“汉学者”光辉荣誉的文物盗贼，一遍遍，欺凌着清末中国四分五裂的肉体，一次次践踏着，属于中国的千年文明。那些曾经美妙绝伦的壁画开始变得斑驳残缺，那神秘幽暗的藏宝洞内无数珍奇文物滞留海外。

在孤寂的道士塔上，一束清风，摇响远处飘曳的驼铃。

千百年来，鸣沙山莫高窟前的宕泉河几近干涸，潺潺流水却依然清澈亮洁。仿佛历史的云烟，在它的眼里已经波涛不惊。葱郁的杨树，枝繁叶茂，葳蕤的草地，绿意绵延。它们正以磅礴的生命气息，渲染着属于鸣沙山曾经的荣耀和辉煌。那些不堪的岁月，那些西方凌辱的时代，那些麻木不仁愚昧落后的世人，都像静静的宕泉河一样，慢慢远去。

敦煌莫高窟，在梦里，在历史里，在宕泉河潺潺的溪流里，也在阅者斑斓不惊的心灵里。

永远的张之洞

一

辽远的天空之上，涅白的云彩正舒展着筋脉，慵懒地在碧空比划着清远的世界。云彩遮蔽下的紫禁城，旷世的躁动与不安，在空气中蔓延。

宏伟的紫禁城里，琉璃瓦在烈阳的照射下闪烁着耀眼的光芒。三步一兵五步一卒的走道上，艳丽的龙旗耷拉着。似乎没有清风，龙旗便失去了应有的气势。犯困的士卒，接连打着哈欠 。紫禁城上空，弥漫着一种沉重的黑白色彩。这色彩压迫得人喘不过气来。

寂静，除了偶尔有岗哨换岗时留下的几声窸窸窣窣的对话。偌大的紫禁城，红墙之内没有任何声响。

太和殿内，群臣缄默。

金色龙椅之上的光绪皇帝，他年轻的脸庞上，浮游着一丝丝的不安。

大殿之上，悄无声息，如同进行着一场盛大的默哀仪式。

有窒息的因子，在空气中袅袅地漂浮着。

一声尖锐的破碎声划过冷清的太和殿。光绪皇帝把手中的茶杯，狠劲地摔在金銮殿下。

群臣慌乱之中，条件反射般不约而同地跪在犹如冰面般光洁的地面。

“到底是战是和？”光绪皇帝掷地有声。那声音背后，夹杂着些许的无奈，还有丝丝缕缕的忧愁。

晚晴名臣李鸿章率先站起来，“法夷乃西方强国，国富民强，枪炮尖厉，我大清与法夷开战，无异于以卵击石。微臣以为，应与法夷谈判，以争取和平过渡。”

光绪皇帝听后，左右为难，“那法夷欺人太甚，数天时间越南溃不成军，直抵我大清国域，众爱卿皆以为应议和吗？”

一阵低声的嘈杂之后，便画上了纤细的省略号。只有略显尴尬站立于金銮殿之上的李鸿章不知所措，面露不悦。

“退朝，再议。”光绪皇帝左右为难。

二

太行山以西，黄河以东的山西，几年之间因张之洞的治理，社会经济蒸蒸日上，人民生活安居乐业。

在屋内，留着长须的张之洞正奋笔疾书，欲把一张主战的奏折呈至光绪。

豆大的灯光下，张之洞伟岸的身影，映射在黑暗之中的窗户之上。屋外，几只晚归的鸟儿，正叽叽喳喳地掠过幽深的天际，朝着远山飞去。

街市上，林立的店肆都在夜色的笼罩下陷入一片沉寂之中。行人早已失去了踪影。就连犬吠猫啸，也在一瞬间消失。黢黑的夜色中，只有巡抚府邸的那盏灯，影影绰绰，闪耀着光点。

张之洞不时在屋舍内徘徊踱步，满朝主和的声音已经压倒了一切，年轻的光绪会选择迎战法夷吗？张之洞陷入了幽深的沉思。如今法夷越战越勇，而且拥有西方先进的武器。积弱的大清帝国，能战胜强大的法夷吗？如果光绪皇帝同意，那又由谁可出战法夷呢？纵观全国，大将之材，几乎没有一人。可是，如若法夷乘胜追击，占领越南全境，唇亡则齿寒。大清西南门户将不保。

张之洞回到书桌上，拨亮了油灯。一纸奏折写毕，天已泛白。鸡鸣犬吠的声响，不时从街市的百姓人家传来。街道上，早起的商贩已经开始摆弄物什，迎接着新的一天。巡抚府衙，站岗的士卒也在井然有序地换班。张之洞伸了伸懒腰，文人的身骨在此刻却有着军人的坚毅和忠贞。

不几日，张之洞的主战奏折飘到了光绪皇帝的案前。

光绪皇帝打开张之洞字迹工整的奏折后，脸上泛起了春天般的笑容。那笑容，一扫近日的阴霾，一如冉冉升起的炽日，和煦而安然。

面对满朝文武的主和倾向，光绪皇帝太需要这样一道鼓舞士气、提振朝野的奏折了。显然，张之洞的主张与年轻的光绪皇帝不谋而合。

很快，一匹快马从京城驰骋而出，朝着西面奔去。一路奔腾，那身后的尘土，如一个舞女，在古道上轻盈地浮游。

不几日，一道圣旨便从北京加急送到了山西。

张之洞调任两广总督，全权负责抗法事宜。

抗法之事已关系到国之根本，张之洞顾不得整理行装，便日夜兼程走马上任。尽管，一道道皱纹已在悄然之间浮上他古铜色的脸庞，可他的脸庞所流溢出来的却是精神焕发，神采飞扬，气定神闲。半生的磨砺和挣扎，已让这位后来一跃和李鸿章、左宗棠、曾国藩并称为晚清四大重臣的张之洞造就了遇事不惊，沉着应对的优良品质。

一路的颠簸，一路的劳顿。当倦态一轮一轮碾压着张之洞的身躯，他依然正襟危坐，稳若泰山。朝野的嘈杂，与此时的张之洞，形成了鲜明的对比。而此刻的上任，终将迎来他人生的第一次飞跃。

三

溽热的两广地区，潮湿，燥热。和远在京畿附近干燥的山西，有着天壤之别。

湿润的海风，让空气中溢满高浓度的水分子。即使是在早晚，也没有丝毫减退。张之洞拖着困顿的身体，深入军队，细致体察。

那一杆杆早已落后于时代的步枪，那一张张蜡黄色瘦弱的脸庞，时刻牵动着张之洞的心。纵然有钢筋之躯，凭着这些装备，也难以抵挡法夷的狼子野心。张之洞果断起草奏折，上呈天子，以期朝廷划拨银两，更新一匹枪支，以尽量减少和法夷的武器代差。

经过朝臣激烈的讨论，光绪最终批准了张之洞的要求。银两到手后，张之洞事必躬亲，科学分配，并加以紧张的训练，使得军队在短时期内取得了质的飞跃。

每到一处军事要地，张之洞总会发表激情洋溢的演说，以鼓舞士气。而回到车辇，却是另一副景象。张之洞总在轻轻揉着酸痛的身体。

纵使再健壮的身体，也经不起这样的奔波和操劳。而困扰在他心间的还有一个最大的问题：如今之际，正是缺将少才的时候，究竟谁才能担起抗法的大任，一举击溃法夷的傲慢与无理？

张之洞微微闭上双眼……

而朝野关于张之洞一个文臣能否指挥全局的议论还在继续。

终于，一个人的名字出现在了张之洞的脑海，这个人的大名，就是日后彪炳史册的冯子材。

据史料记载，冯子材，字南干，号萃亭，生于广东钦州沙尾村（今属广西钦州沙尾村）。晚晴抗法名将，民族英雄。冯子材自幼父母双亡，流落江湖，历任广西、贵州提督。咸丰年间从向荣、张国梁镇压太平军。

可年近 70 的冯子材能担起如此重任吗？张之洞又一次心里打起了鼓。

四

当张之洞深入了解了冯子材后，他所有的顾虑都打消了。这个消瘦却精干的老头子，思维敏捷，极富人格魅力。张之洞拍板下定决心，果断启用赋闲在家的老将冯子材，让他督办高、廉、雷、琼四府二十五州县团练。

1883 年 12 月，法国侵略军悍然向驻扎在北圻的中国军队发起进攻，中法战争爆发。

1885 年，冯子材奉命率十营从钦州开拔，奔赴抗法前线。两天后，清廷谕令冯子材帮办广西关外军务。国门失陷，主帅潘鼎新落荒而逃，前线群龙无首。冯子材在危难之际被推举为前敌主帅。

3 月 23 日，法军大举出动，越过关门，进入清军防线。冯子材父子身先士卒，挥刀迎敌，纵横冲杀，法军溃不成军，退出关外。清军乘胜出关追敌，连克文渊、驱驴、谅山、长庆府、观音桥等处。此时的清军，士气高昂，无往不胜。相反，法军士气低落，落荒而逃。

果然不出张之洞所料，冯子材一战杀退了来势汹汹的法夷。张之洞果断下令冯子材继续出击，杀法夷个片甲不留。

恰在此时，一纸停战令从遥远的紫禁城缓缓飘来。清政府以“乘胜即收”可以在谈判中拥有更多的筹码为由发布停战令。在收到张之洞的停战令后冯子材含恨撤兵。

镇南关大捷如同一缕春风传遍清朝的大江南北，举国欢腾。

回望历史，镇南关大捷是落后的封建王朝以落后的枪炮装备打赢西方的一场战争，是中国人在近代第一次战胜西方列强。如果没有这次胜利，两广地区就可能沦为法国的殖民地。

收到朝廷停战令的那一刻，张之洞心凉如水。他静静坐在椅子上，眼前褐红色的桌子上的那杯清茶，早已冰凉。张之洞冷峻的目光直达屋外灰褐色的房檐上。那房檐上，已生满暗黑色的苔藓，显得破烂不堪。

更为让张之洞忧愁的，并不是朝廷的止战令，而是清朝工业之落后，武器之落后，长此以往，迟早被西方列强吞灭。张之洞暗自思忖，何不自力更生，发展清朝自身的工业！镇南关大捷，虽然取得了胜利，却付出了血的代价。老将军率领士兵，以血肉之躯，抵挡住了法夷的进犯。武器代差带来的代价，是无数同胞的流血牺牲……

五

经过中法战争的煎熬，张之洞明显老了许多。一丝一缕的银发已悄然爬上他的双鬓。而悬在他心中的问题，却丝毫没有解决。

上奏，只能上奏朝廷。以他一己之力是无论如何也不能让国家工业绽放芬芳的花蕊的。此刻，张之洞的内心只有一个目标，建铁厂，然后再建兵工厂，然后逐渐带动全国工业的发展，促使国家富强、进步。

案前，有些蓬头的张之洞再一次颤巍巍地拿起笔杆子，他知道，他所要面对朝堂之上的保守派是何其艰难。而民族的发展，国家的进步，岂能因为这些人的阻挠止步不前。况且他知道，作为道光帝第六子的奕䜣，是咸丰、同治、光绪三朝重臣，又是洋务派的灵魂人物。他的想法，定会得到奕䜣的支持。

虽说，当时的清政府已经经历过一次镇痛。

1885年12月23日，潘霨在《黔省矿产甚多，煤、铁尤甚，可否体察开采折》中上疏朝廷，请在贵州开办现代化钢铁厂。光绪帝看到奏折后马上进行了批复："即看该署抚详细体察，认真开办，毋得徒托空言"。随即，在光绪皇帝的允许下，占地面积达一百五十亩的青溪铁厂轰轰烈烈的建设起来。这座作为中国重工业发端的铁厂，本该有它应有的辉煌，却事与愿违，在铁厂开炉后仅仅一个月就发生了人为操作失误，导致铁厂瘫痪，厂房建设，机械设备损耗殆尽。主要筹办人潘霨吞金自杀。清廷白花花的银子，转瞬间付之东流，如泥牛入海。青溪铁厂的失败，犹如一剂冰冷的长针，深深刺痛了清朝的洋务派。而保守派也因为此次事件，蹦跶得越来越欢畅。他们甚至认为，买来的铁要便宜的多，开办铁厂，大费周折，耗费银两，最后还得不偿失。

张之洞的奏折，显然会遭到保守派的顽强反制。这些张之洞早已想到。于是他在奏折中，说明兴办铁厂虽然短期投资过多，但是长期下来，可以培养国家的相关工业人才，还能追赶世界的脚步。如果长期靠进口维持国家工业体系，势必让国家越来越落后。

这一次，或许是上天为张之洞的远见所感动，命运之神又一次眷顾了他。光绪皇帝抵住压力，同意张之洞兴建铁厂。张之洞立即委托清政府驻英大臣刘瑞芬与英国谐赛德公司签订合约，引进英国先进设备和先进人才，预计建造两座炼铁大炉，日生产达一百吨。

正当兴建铁厂的计划如期进行时，一道南下的圣旨，让热火朝天的景象瞬间如一块冷却的钢铁般冰冷。

张之洞望着圣旨上洋洋洒洒写着关于调令自己担任湖广总督的字眼，轻轻捋着些许苍白的美髯，他的脸庞深深地流露着对于自己豪情壮志的不舍。而接任两广总督的正是李鸿章的哥哥李翰章。他会把自己艰辛中起步的事业弃之不用吗？张之洞感到了事态的严重性。如若广州铁厂留给李翰章，他定然会终止计划，甚至将铁厂搬迁至京津地区。而京津地区正是李鸿章的势力范围。

而此时，从英国进口的设备，正在驶往中国的途中……

他迈着沉重的步伐，在屋子里徘徊者，思虑着……忧虑像一个个蠕动的虫子，爬满他的身体，侵蚀着他，吞噬着他。

六

向晚的阳光，是温和的，和煦的。绚丽的霞光，柔和的清风，岑静的城市。一切，都仿佛一如既往。而唯独张之洞，他内心的担忧，正一步步将他推向悬崖。

伏案。也许张之洞一生最多的动作，除了给皇帝下跪便是伏案起草奏折。

是的，张之洞再一次伏案，奏请朝廷，以期得到朝廷的同意将他一手创办的铁厂搬迁至湖广地区。

历史的天平，终究还是站在了张之洞的一边，他得到了自己心中期望的答复。

1889 年 10 月 12 日，意气风发的张之洞伫立在“粤秀”号的船头。望着前方一望无垠的蔚蓝色大海，心中升起了炽烈的骄阳。此刻，他的内心是温暖的。时而有海鸟掠过船头，他乜斜着，细细地欣赏。

这辽阔的大海，似乎可以让张之洞所有的抱负都得以施展。兴建铁厂的压力，似乎在一瞬间，变得轻缓了很多。张之洞凭栏远望，没有谁会注意到，他内心的波澜壮阔，他内心的宏图大业！

载着张之洞振兴之梦的“粤秀号”一路北上，经过台湾海峡，从远东最大的城市上海进入中国长江，一路向西直抵湖广大地。

一个月的赴任路途中，张之洞的心情都是非常欢悦的。他深知，只要留住铁厂，他便能施展所有的才华和抱负，他便能为中国近代工业的发展推波助澜，他便能为晚清注入新鲜的血液，这些血液，或许能够支撑着风雨飘摇的晚清走得更远……

七

当“粤秀”号经过一个月的行程终于抵达武汉后，张之洞马不停蹄地开始为铁厂的事情四处奔忙。他先后十五批派出三十多人的考察队对湖广地区进行考察。最终在汉阳龟山脚下的一片开阔地带，选定为铁厂的厂址。

初夏的微风轻轻掠过龟山脚下平整的葳蕤草地。在草地旁边，一座规模空前的铁厂，坚挺地矗立着。十几个粗大的烟囱，像一把把利剑，直插云霄。

经过半年的选址，三年艰苦卓绝的建设，1894 年 6 月 28 日，铁厂正式开炉生产。张之洞邀请了各界名流和中外记者前来参观。这些来自于德国、英国、卢森堡的钢铁机器在张之洞的一声号令之下，响起了震耳欲聋的声音。

当时一位外国记者在参观完气势恢宏的工厂之后，曾经作出了震惊世界的评论：中华铁市必与英美两邦决胜于世界商场，中国醒矣！

一时间，在汉口的码头簇拥着来自亚洲各国的商船。它们列队等候汉阳铁厂的钢铁产品。这个时候，铁厂的日生产量已经达到了二百吨。

张之洞穿着披风，威风凛冽地站在码头，看着拥挤的商船，他的脸庞荡漾起一丝淡淡的微笑。随着铁厂配套工厂的建立，汉口成了近代中国名副其实的工业走廊。而说起铁厂，与其息息相关的“汉阳造”不得不提。

在中国电视荧屏里的抗日剧中，不断地出现一个高频率的词语：汉阳造。这汉阳造也和张之洞有关系吗？答案是肯定的。

早在张之洞担任两广总督期间，他就在广州筹备了广州兵工厂，用以生产世界先进的步枪，提高清兵的武器质量和减少清军和世界强国之间的武器代差。随着张之洞执政湖广，广州兵工厂也搬迁到了湖广地区，命名为湖北枪炮厂，占地达到了惊人的二千三百亩，而且周围配套设施齐全，乃当时中国最大的兵工企业。

1896 年 6 月，是一个值得被历史铭记的日子。由湖北枪炮厂生产的“七密里九毛瑟步快抢”问世了，由于在汉阳生产，工人们取了一个更加好记的名字：汉阳造。从此，汉阳造成了晚清时期始近半个世纪中国军队装备的重要武器，它仿制于当时工业强国德国生产的世界最先进的步枪“M1888”。直到抗美援朝战争，汉阳造还在发挥着它的历史作用。无疑，它是中国服役时间最长的武器。

而武昌起义的胜利，汉阳造也起着至关重要的作用。

1911 年 10 月 10 日，在冷清的街道上，一列列士兵手握汉阳造，机警地注视着四周。他们的胳膊上，都挽着一条红得鲜艳的绸带。在柔风中，那红色的绸带，勾勒着一个个美丽的弧线。街道静得出奇。突然一声枪响传来，紧接着密如雨滴的枪声，撕开黑暗的夜空。武昌起义正式爆发。这次起义，之于中国近代历史，是具有划时代意义的。它的胜利，有力地促使风雨飘摇的大清帝国走向灭亡，它是亚洲和中国走向民主共和的开端，是建立中华民国的前夜。

而后毛泽东在江西井冈山领导的秋收起义，两万五千里长征、抗日战争、解放战争、抗美援朝，汉阳造从未缺席。可以说，张之洞一手缔造的武汉兵工厂生产的汉阳造几乎见证了中国近代史的全部。

张之洞创建的工业企业远不止这些，还有湖北武昌文昌门外的湖北织布官局，铁厂的配套厂子如生铁厂、熟铁厂、贝色麻钢厂、西门子钢厂、轧钢厂、铁货厂等等。

八

甲午战争清廷北洋水师全军覆没。也是在此期间，张之洞逐步形成了一套比较系统的近代教育思想，并认识到建立新学制的重要性。担任湖广总督之后，张之洞在湖北大规模兴办新式教育：实业教育、师范教育和国民教育。他自 1893 年创办自强学堂（武汉大学前身）起，相继创建了农务学堂、工艺学堂、师范学堂、政法学堂、两湖大学堂(原两湖书院)等。到 1907 年张之洞离任时，湖北全省新式学堂达一千五百一十二所，学生五万六千六百七十一人，教职员五千一百零三人。

直到今天，武汉地区的许多著名院校都是从张之洞创办的学堂中延承而来，如武汉大学、华中农业大学、武汉科技大学、武汉音乐学院等。

张之洞在外打拼同时，也不忘家乡教育。

1904 年 2 月，张之洞进京奏定学堂章程后回乡祭祖，慈禧太后临别赏他白银五千两，张之洞捐出这笔白银和历年的廉奉两万两，在家乡建造了“慈恩学堂”，即南皮一中。至今，南皮一中已有百年历史。

张之洞一心为大清帝国尽忠，他通过一己之力，缓慢的改变着晚清奄奄一息的状态。虽然偌大的大清帝国，早已病入膏肓，就像是风雨中飘摇的一颗烛光，随时都可能熄灭。而他为中国教育事业做出的努力，也许会影响中国此后的百年，甚至千年。

九

1909 年的 10 月，清凉的天气正丈量着华夏大地。

天空笼罩着厚厚的阴云，似乎重重地要把苍穹压垮。放眼望去，四野的草木，已渐渐枯黄。一场簌簌的萧风刮过，满地的黄叶，翩然起舞。

远处暗黄色的山上，有些许鸟儿突兀的鸣叫，像麻布撕裂般刺耳。

已经荣升为太子太保的张之洞，安然地斜躺在病榻上。他深情恍惚，面容消瘦。拥挤在塌前前来看望的各界人士，无不面露哀伤，心情沉重。

这个为中国近代重工业、教育、文学等领域作出杰出贡献的时代人物，如今日薄西山，承受着病痛的无情折磨。

张之洞微微张开双眼，黯淡的目光透过紧闭的窗户，他似乎还有更多的依恋。

终于，在一片梧桐叶落的瞬间，张之洞在“国运尽矣”的独自哀叹中永远地闭上了双眼。他至死忧国，堪称一代忠臣。此后，清廷赠谥号“文襄”。

一年后，武昌起义爆发，全国各省均宣告独立。

又一年，隆裕太后在绝望中下诏退位，清朝正式宣布灭亡。

张之洞逝世后，他的后人经过一年的准备，于 1910 年 12 月 15 日正式将其安葬在河北南皮县双庙村的张氏祖茔，与他一起合葬入土的，还有已经早逝的三位夫人。

司马迁《报任安书》中曰：“人固有一死，或重于泰山，或轻于鸿毛。”而今，放在张之洞身上，也是恰到好处。作为晚晴重臣，他鞠躬尽瘁，誓死捍卫着大清帝国的尊严。同时，作为中国近代历史中举足轻重的人物，他为中国重工业的发展奠定了基础，他为社会的发展，教育事业的进步做出了杰出贡献。

革命先驱孙中山曾说：张之洞是不言革命之大革命家。

毛泽东曾说：提起中国的重工业，不能忘记张之洞。

苏云峰说：湖北教育改革的成功，最主要的因素是由于张之洞的领导，而张之洞，对教育改革的贡献，并不限于湖北一地，而是具有全国性意义。

堤岸之春

初春的达拉特，和煦的阳光暖洋洋地铺洒在黄河岸边的湿地上。一缕缕春风，带着黄河水的温情，轻轻地扑面而来。漫步在堤岸上远望，黑黢黢的大青山在视线中影影绰绰。它像一道北方的天然屏障，东西绵延数百公里。一路雾气缭绕，如同仙境。驻足达拉特旗黄河堤岸，是远远欣赏大青山的绝佳之地。

达拉特旗处于黄河大几字湾北端。平静温婉的黄河在这里到达它的最北端。随后它将一路南下，在山西南边向东转去，它领略着淮河以北一路的风和日丽和勃勃生机，直插齐鲁大地汇入汪洋大海，钻进太平洋博大的怀抱。春天的达拉特段黄河，在经历了一冬的冰凌之后，终于拖着轻快的身躯，把一块块冰凌，化成涌动的血液。柴油机扁渔船的声响，在初春打破黄河的宁静，柴油机吐出的烟雾在黄河上缓缓前行，有如江南水乡一派盎然。不一会儿，渔船归来，一条条蛰伏了一个冬天的黄河鱼类，便出现在渔船铁质的鱼池里。鲤鱼、草鱼、甲鱼应有尽有，它们个个皮质细嫩肉质肥美。从黄河里打捞上来的鱼类与鱼塘人工养殖的鱼类略有不同，它们的嘴角、腹部和鱼鳍都显现着淡淡的红色，看上去像是一条条美丽端庄的鱼美人。

靠山吃山，靠水吃水。黄河鱼味的与众不同让它们顺理成章地成为了达拉特旗最具代表最具特色的美食。从外地慕名而来的游客，首先必须要吃的就是清炖黄河鱼。如果用开河鱼清炖，那味道更佳。黄河岸边，马老板正在为游客准备着一桌丰盛的黄河鱼宴，食材自然取自于刚刚从黄河里打捞上来的鱼类。鱼宴是在一艘别致的极富黄河特色的二层小船上进行的。端坐于黄河二层小船之上，在婉转悠扬的马头琴声中，一边欣赏黄河两岸独特风光，一边品味着黄河炖鱼的清香细嫩，何尝不是人生一大快事。

此刻马老板鱼府的伙计们，正把渔网在黄河岸边小心翼翼地晾晒，并仔细查看渔网可能出现破损的地方。春天温润的阳光挥洒在渔网之上，一股股潮湿绵软的气味随着清风缓缓而来。这味道是清新的，夹杂着泥土的清香，混合着春花的芬芳。傍晚，一轮红日在绯红的霞光的缠绕下，形成一种油画般的炫彩斑斓。远处一户户一排排崭新的房屋齐整地出现在黄河滩岸上，这个时候，渔民人家在一天的劳顿之后，腾出时间，开始做炖鱼。就一会儿，小渔村便被缥缈的炊烟笼罩起来。

而黄河堤岸带给我惊喜的远不止这些。随着自然环境的日渐改善，一只只曾经远离的精灵们又陆陆续续返回黄河湿地。这些湿地是春天形成的，三四月间，随着气温的回暖，黄河上漂浮的冰凌融化，黄河岸边成片的土地被倒灌的黄河水淹没，形成了独特的季节性黄河湿地。它们会在河水退后，逐渐显露出来，变成农户一方方肥沃的土地。随后在农人勤劳的耕耘之下，生长成长势喜人的庄稼地。在这短暂的湿地状态下，它们作为一种精灵的栖息地，直至南迁。这种精灵，便是美丽的白天鹅了。

三月初，来自远方的天鹅，一队队，一群群结伴簇拥而来。在俯视达拉特这块神奇的土地时，它们发现了可以栖身的地方。这里波光粼粼，水流清澈。阳光洒上去，散发着碎银般的光亮。我止步河堤，一辆辆赏春的轿车一字排开。人们手里攥着“长枪短炮”，面向天鹅展开拍摄。时而头顶数只天鹅掠过，一声声长长的鸣叫划破空寂的天空。水波之上，天鹅姿态万千，时而浮游而上，时而俯视水中，时而伸脖远望。一簇簇，一团团，在湿地上，嬉闹着，游戏着。这里，似乎成了天鹅的天堂，也成为了周末摄影爱好者的天堂。

过一段时间，这里又将恢复平静。河水退去，成为一畦畦田地。在黄河水的滋润下，连年丰收。这真是一个奇特的现象。为了防止黄河水倒灌造成的伤害，人们把院落的围墙修得很高。很少能看见红杏出墙来的景象。当然这个时节还没有红杏，不过用不了多久就会出现。低洼的地方，成了湿地，高隆起的地方，留下一条笔直的土路。房子在水中，倒影在水中，树木在水中，未来得及拾掇的玉米秸秆在水中……

堤岸之春，像极了一幅江南水墨图。尤其是在雾气弥漫的清晨，在炊烟弥漫的傍晚。

漾动在记忆深处的黄豆

一夜骀荡的秋风，轻盈地掠过黄土高原的梁梁峁峁。

像绸带一样缠绕在峁梁上的梯田地上，溢满绿意的黄豆似乎在秋风一夜的倾诉下换了衣裳，从墨绿的夏衣一瞬间换成了金黄色的披风。巨大的披风像浓雾一样弥漫开来。从山顶的黄豆开始，沟壑上蔓延的糜子地、谷地、苞谷地，也被洒上了金色的颜料，在秋风中浅浅地摇曳着沉甸甸的果实。

在陕北黄土高原，黄豆是重要的种植成员。每家每户，每年都要在有限的土壤中留出近四分之一的土地种植黄豆。陕北多干旱，娇气的水稻，是无论如何也不能在高原上生长的。贫瘠的土地，只适合一些耐旱的农植物生长。而黄豆，因了这个特点，备受陕北人的厚爱。

还是在一窝葳蕤的夏季的时候，黄豆就成了陕北人餐桌上的美味了。

夏日的清晨，一抹彩色的朝阳像母亲慈爱的双手，轻轻抚摸着沟壑纵深的高原。母亲背着背篓佝偻着身子沿着阡陌小路，朝着村西头的崖窑峁行进。我跟在母亲身后，踩着白得发亮的小路，蹦蹦跳跳地东望望西瞭瞭。小路边的打碗碗花，总会被我的魔爪欺凌得零七八落。母亲喘着粗气，脚印深深地踏在小路上。在经过一片蓊郁的枣树林后，拐个小湾，便到了我们家的黄豆地。齐膝的黄豆正擎举着夏日的葳蕤，蓬勃地散发着青春的活力。那悬挂在枝枝干干上的黄豆荚中，饱满的黄豆似乎要使尽浑身解数撑破包裹在它身上的绿衣。母亲满身的倦意在看到黄豆的健硕后消失了，她的嘴角溢出来一圈圈恬静的笑容。母亲放下竹背篓，在簇簇浓郁中寻觅长得靠近的黄豆。然后将长势稍差的一棵拔起来扔进背篓。少不更事的我并没有选择替母亲劳作，而是钻在斑驳的枣树荫翳中，看着母亲一高一低的身影在黄豆地里穿梭。朝阳透过空明的天空，直直地射在母亲的脊背上，劳作的母亲更像是一个会游动的稻草人，守卫着三分薄田。

耐不住寂寞的我，总会在母亲快拔完的时候，箭一般跑到母亲身边，拿起两株黄豆，学着大人们的模样，扭起陕北秧歌。在村庄的窑洞里漂浮起来几袅零散的炊烟的时候，母亲便背起竹篓，唤着我的乳名下山。那些升起炊烟的窑洞内，是必定有生病卧床的老人的。在陕北，只有生病的人，才有机会在清晨吃上奢侈的早点。早点多是鸡蛋汤或者面疙瘩汤。回到家里，母亲来不及卸掉劳顿，一屁股坐在院落的一块石头上，细心地拔掉每一株黄豆上的绿叶。妹妹们也跑过来，将母亲仍在地上的叶子，转送给咕咕咕咕叫唤着的鸡群。在我家窑洞上冒出炊烟的时候，煮在铁锅中的黄豆便漫溢出浓烈的芳香。我们几个围拢在灶台前，像是槐树枝丫上鸟窝中几只嗷嗷待哺的幼鸟，伸出脖子，期盼着黄豆能早点出锅。

秋天的陕北，就像一个金光灿灿的童话世界。

穿梭在梯田，坝田，洼田的农人们，在童话般的世界里，弯着渐老的身躯，收获着一年的硕果。而一般种植于梯田的黄豆，是最先收割的。熟稔的黄豆经不住秋日阳光的暴晒，会裂开一道道口子，将圆润的黄豆掉落在地。农人们当然是不希望这样的。在清晨，晶莹的露水斜挂在黄豆上的时候，农人们拿着一根结实的长绳和一条破损的麻袋就出现在一片片黄豆田中。拔起来的黄豆一垄垄堆放在一起，像一个个烽火台，兀自屹立在梯田上。垫着麻袋，一个弯身，一垄黄豆便在父亲的一声粗壮的吼叫中舒缓地下山了。父亲清瘦的身影和黄豆融合在一起，看起来结实了很多。收获黄豆的季节，正是学校放秋收假的日子。我带着几个妹妹，拿着洗干净的洗衣粉袋，把散落在地上的黄豆一颗颗捡起来。为了能得到学校的奖励，我们圪蹴在梯田地的角角落落，整整一天也不会感到劳累。

码放在院落里的黄豆，经过几日的曝晒，已经迫不及待地要跳出呆了几个月的小房子——黄豆荚。母亲拿着连枷，父亲赶着拉着碌碡的骡子，当汗水第三四次渗出衣衫的时候，那些黄色的豆子便都离开了黄豆荚，妥帖地匍匐在院子里亲吻着大地。看着堆放在窑洞前一袋袋粒粒饱满的黄豆，父亲在一根香烟之后笑靥如花。

冬日里，在瑟瑟寒风中，总有豆腐坊的老板顶着严寒担着嫩白的豆腐挨家挨户换豆腐。舀几勺躺在石仓的黄豆，几斤爽滑的豆腐便会出现在锅台上。母亲会把近一半的豆腐冻在外面，将剩下的豆腐和洋芋，酸菜，粉条烩成一锅。要是临近过年，还会有厚实的五花肉。在陕北，人们谓之：大烩菜。如果有肉，便谓之：杀猪菜。

豆腐，在冬季缺少蔬菜的陕北，像是一把甜蜜的白糖，调剂着人们苦焦的生活。再后来，用陕北非转基因黄豆、桃花水做成的豆腐，成了陕北榆林的一绝。灯光筹措下，豆腐宴，成了游客们来到陕北最美的享受。

父亲离世后，妹妹们相继成家，我和母亲，也在一个静谧的黄昏下，悄悄远离那湾黄豆蔓延的小村庄，渐渐在城市落根。黄豆，以及它的兄弟姐妹，寂寥地埋藏在我记忆的深邃处，只有在仲夏的一场淅沥的细雨后，才会缓缓将它们忆起。

赏雪

雪花竟然像一个江南闺房中肆意挥霍曼妙身姿的少女一样，扭动着可爱的细柳腰，一颦一笑间飘飘扬扬地舞起来了。这个季节的雪花，是极其少有的。正如我们很难在现实生活中见到青砖黛瓦的江南真正守候在闺房中的少女一样。我推开窗户，漫漫漉漉的雪景，铺天盖地地朝我倾泻而来。鹅毛一样的雪花，还在不停地飞扬着。这个世界，俨然成了高高在上的天堂，纯净、无暇、剔透、悠然。懒散的居民，应该都像我一样，倚靠在窗前，喝一杯淡淡的茉莉清茶，自在地欣赏雪景吧！

雪不紧不慢地飘洒着，是那种之于大雪溢满柔情之态，之于小雪，又多了丰腴之美的雪景。这雪景，已不是人间的了，它已经散溢出缥缈仙境般的瑰丽了。我呆呆地立在窗前望着，突然发现，雪花竟要比时间过得还要缓慢，还要不让人觉察。鹅毛雪林中，穿梭其间的空气，该是有着世界上无人能及的舒畅了吧！

俄而，一曲鲜嫩的马头琴音从哪里缓缓绵延过来，雪花都要渗透在每一个极富生命灵感的音符中。继而左顾右盼，循声去，却见声音处处都是一样纤细，一样细柔。难道是天宫中仙女耐不住寂寞，将琴音均匀地铺延在水泥钢筋与人类同时分享的北方大地？干净纯洁的琴音，如果有幸于广阔无垠的草原里听到，也有此般悦耳足矣。被琴音浸润下的平房顶袅袅升起的炊烟，不再向往高原通透的苍穹，而是嬉闹着缠绕在雪花的蛮腰间。顿时雾霭迷蒙，恍恍惚惚，深深沉醉。终于累得气喘吁吁，浑身无力时，也要随着雪花，沉寂地面，化作纤尘，如遁入佛门，打坐诵经，耳畔清静。

我倒想骑着我那半新的自行车，环穿城而过的人工河，沐浴雪花的清爽了。

推开门，足有两三寸厚的雪花，闪着鱼鳞片般的光芒，与烈日当空碧绿无垠的草原之上涓涓而流的瘦小河水神似了。浮游在美丽的大草原之上的小河，往往都踏着青青的芳草，闪着粼光，像一支长长的草原歌曲，流入天空与草原接壤的尽头。漫无边际的雪花，亦如此。自行车上面，雪花羞羞答答地覆盖着。正欲骑车前行，可这遍体无损的雪地，让我怎忍心自私地只顾一时兴起，践踏掉它的贞洁。索性迈着轻如细风的脚步，掠过略显羞涩的处女地。身后咯吱咯吱的踩雪声，仿佛弄疼了纤纤美人一如葱白的手指，它淑女一般低声地唏嘘着。罪过罪过，我这硕大的体型，如何能飘游于雪地之上。双腿，不自觉地颤颤巍巍起来。雪地娇弱的身躯，怎能忍受了我这彪形大汉的粗鲁。我只能双手合十，祈祷慈祥的佛能谅解我的违心之步。身后一串串东倒西歪的脚印，顺着庭院，逶逶迤迤流淌出来。多么富有诗意的一串脚印，若是唐朝诗人见此景象，定会吟诵出旷世豪情！而不才的我，只能妄自菲薄，写些碎语散章，让我与大诗人的距离稍稍微微拉近一点，也就极大欢喜。我向前走着，雪地上，竟然没有一丝一缕的脚印。我便深感我的罪过之大了。

雪花塞满长长的巷道，只有我的身影，显得唯唯诺诺，战战兢兢，活像一只瘦骨嶙峋随处流窜的流浪狗。没有人愿意打破雪花静寂的美，只有我这个不谙世事的粗俗之辈，毫无怜香惜玉之柔情。其实，我是希望更多的人能知悉沐浴柔风细雪的神清气爽！

肯定是雪花开始眷顾我了，它们轻轻地依附在我的肌肤之上，亲吻着带着微微暖意的手臂。我仰头望去，簌簌而下的雪花，密密麻麻地朝着我飘洒下来。可亲的雪花呀，你只留在我肌肤之上几秒之久便姿色陨落，魂飞魄散，多么令人心疼呀！疏忽间，些许微弱的感伤气息，顺着筋脉，徜徉在我周身。我急忙放下伸出的手臂。

雪景中，巷道拐弯处几个孩子却和我一样，偷偷溜出来，打雪仗了。红扑扑的脸蛋上，洋溢着灿灿的微笑。

幽深的巷道上，家家户户挂起来红得可爱的大灯笼，雪中一闪一闪，更让雪景楚楚动人了。我放慢脚步，相信别人会看见，一个恍惚的黑点，在雪花中打着口哨，悄然隐退。更多蜗居在屋子里的人们，也会和我一样，蠢蠢欲动了！

好美的雪景，多年都不见了，来得真让人心动啊！

白云山前的那片枣树林

枣树，在秦晋大峡谷两岸随处可见。不论是在黄河岸冲击形成的湿地上，还是在逼仄的石崖顶端荒芜的土地上，都有枣树的存在。

在陕西佳县城南白云山陡直的神道两旁，齐整地矗立着大大小小近百棵枣树，升腾起一抹抹浓郁的绿茵。它们与成长了几百年之久的松柏并肩而立，颇具几分道家的灵韵。

踩着狗尾巴草，苦菜儿，车前子，蒲公英，蒿草等编织的草地，伫立东望，奔涌而来的黄河水，此刻犹如一位平静的老人，在峡谷间漫步。停靠在岸边的几艘木船，因年久失修已如同几块朽木，沉沦在岁月的深处。

顺着神道拾阶而上，越过南天门，进入一片迟缓的土地，你便能发现神道两旁的枣树了。它们或许没有明清时期古木的俊秀古朴，但却彰显着白云山的盎然生机。在白云山上，一切都是古老的。包括每一块青砖，每一幅壁画，甚至每一个穿梭着的表情凝重的道士。他们的身上，都散发着稠密的庄重。由于位于瘠薄的山脊之上，枣树远没有松柏那般葱茏蓊郁。

在松柏面前，枣树犹如一个个柔美的女子，安静地藏匿在一隅，显着几分羞涩。

枣树应是近十年栽种的。树干只有粗瓷碗口粗。初夏，在所有植被的花朵经过姹紫嫣红地登台后，枣树细小的小花才渐次绽放。黄灿灿的枣花，在白云山道观悦耳的风铃中，艳丽成一片芬芳的大海。有清风从山垭吹来，那扑鼻的馥郁，就流淌在白云山的每一个角落。混合着庙宇内贡品的清香，枣花，成就了白云山一阕柔美的景致。

尤其是在深秋，一颗颗红彤彤的枣子在吸纳了数月的风雨之后，终于以一种绚丽的姿态，摇曳在金黄色的叶子中。踩着满地的黄叶，蘸着余晖，摘一颗扔进嘴里，唇齿含香。前些年在陕西的时候，我总会抽出时间，赶在红枣显露出熟稔的丰韵美的时候，来到白云山。吃斋饭，就红枣，接受道法的微熏。

白云山作为西北地区最大的道教圣地，始建立于明朝时期，至今已屹立在黄河之滨数百年之久。每年四月初八，晋陕蒙的香客络绎不绝，前来朝拜。

四月初八，也是白云山一年之中最热闹的时候。这一天，人们带着美好的祝愿，自愿把灵魂交于清雅的道观，在诵经声中接受一次心灵的洗礼。据年事已高的老师父说，伟大的革命领袖毛泽东，曾数次登上白云山和群众一起欣赏晋剧。

据说有一次，热闹的晋剧正在白云山戏台上演。一个体型魁梧面露英气的外地人，在警卫员的跟随下，站在人群的最后，入迷地观看着。当人们发现毛主席请他坐在戏台前的最佳位置时，他微微笑着用浓重的湖南话说他个子高，坐在前面会影响后面的人。

还有一次，毛主席踏入白云山的真武大殿，也和百姓一样在香烟缭绕的大殿抽了一签。抽签结果为“日出扶桑”，据说能抽到这签的前无古人后无来者。

清晨，一轮红日越过连绵的吕梁山，冲决而出，散发出蓬勃的棕黄。而白云山，是观日出最好的地点，而白云山上观日出最佳的地址，我以为便是那片葳蕤的枣树坐落的神道上。踩着深秋的晨露，在窑洞人家早已生出来炊烟之时，晨光便呈蓬勃之势，即将喷涌而出。选好位置，斜倚在枣树上。就一刹那，那温煦的晨光便如同万千射向大地的光束，透过林木的枝干，打在大地上。晨露，也结束了它晶莹的生命，悄然消失。

总想在这个时候，双手合十，那些近似于仙光的晨曦，晕染着所有的观赏者。那一刻，心在一阵澎湃之后，归于寂静。

我注意到，此刻的枣树林，也被涂抹上暗黄色的金光，一棵棵如同站立着的静穆僧人，沐浴着清晨的禅意。我突然想到了遥远的河西走廊上坐落的那座人类文明的艺术宝库莫高窟。此刻，莫高窟前的宕泉河是否也依然和白云山山前的黄河一样，静悄悄地乘着岁月的车轮，向着远方奔流。

在中国，佛教自汉朝传入后，就不断地进行着本土化。那些莲花座上的佛陀模样，不经意间换上了东方人恬静的面孔。甘肃敦煌宕泉河边鸣沙山上坑坑洼洼的莫高窟，早期时候的雕塑形象，还基本上是印度的基调。随着石窟历经数百年的开凿，后期的石窟形象已经很中国化了。而随着中国化进程的深入，佛学也在很大程度上融入了中国传统道学的思想。在晚晴的敦煌莫高窟，一座佛教艺术宝库，竟是一群道士在虔诚地守候。甚至在距离敦煌莫高窟不远的地方，道士们圆寂后，灰白色的圆寂塔，也建立在了莫高窟的旁边。

在陕北，很多寺院隔壁便是道家庙宇。陕北榆林古称上郡、肤施等，又被誉为驼城，它是汉族与草原游牧民族交融的重要场所。榆林北边的镇北台旁边的易马城，曾经便是一个边境互市小城。虽然如今已褪去繁华，蒿草遍野。在距离镇北台数公里的红山之上，坐落着一座名为无量寺的寺院，和它同处在一个院落的是无量殿。我注意到，这些寺院里，到处栽植的都是苍翠的松柏。似乎只有松柏，才能被高深的佛道赋予上永恒的信念。而枣树，显然是不合时宜地出现。白云山，似乎在这方面显得鹤立鸡群了。

佛学讲究缘分。缘起，便会在茫茫人海相遇，缘尽，便各奔东西。而枣树与白云山的相逢，也许就是一种缘分。虽然，只在白云山的神道两旁出现。这片地方，实在对于白云山来说，算不得一块宝地。但却扼守在神道的必经之路，成为一帧景致，展现在香客的视线里。如此说来，这片枣树的出现，也是给白云山增光添彩的。

而在陕北其他地方，枣树作为庄户人家最重要的经济来源，在恓惶的生活里，是占据着极其重要位置的。陕北人勤劳，他们把枣树栽种到了高原的坡洼上、沟川上、梯田上、窑前窑后。

深秋时，红润的枣子便在枣杆子的催促之下如同一只只翩翩起舞的蝴蝶从金黄色的枣树叶子中跌落。陕北的深秋，正式进入了红色的季节。院落里，窑顶上，铺一张长席，那些红彤彤的精灵们便接受着阳光的最后照耀。随后它们将踏上远行的征途。而红枣的远去，带给农人不仅仅是厚厚的钞票，还有那种无法用言语描绘的满足。

秋收之后，挑选一个空闲时间，农人们会将一年的收成，告知护佑一方的白云山真武大帝。这天清晨，人们以素斋为食，一路走来，爬上笔直的神道。在经过神道旁边这片枣树林的时候，都会伴着粗喘温婉地露出秀美的笑靥。他们摩挲着枣树，休息片刻后便继续前行。

我已记不清有多少次出现在白云山，出现在这片枣树边。而每一次的相遇，我总觉得依旧是那么新鲜，宛如初恋。

挽着黄昏，我把离别的身影，藏在记忆的深处。

枣树林，也在一习素风之后，沙沙作响。像是母亲柔如春光的呢喃，为我践行。也许明天，也许后天，我将又一次与它相逢。

我们之间无声的痴恋，化作莽苍的吕梁山脉上缠绕着的绚丽霞光，在这个向晚，你撩着我，我念着你。

笔锋的激流

一

这个时候，霓虹的闪烁静静地出现在人潮拥挤的街道上，爬行在寂寥的天宇中的寂寞伸展开褶皱着的翅膀，忽闪忽闪滑翔着。越是热闹的地方，这种如影相随的寂寞越是翻腾得鸡犬不宁。孤独的行者，将高昂的头颅深深地插在人潮的缝隙中。发丝上，一股股随波逐流的香烟在眼神的界限里慌乱地交织着。或者就是这样的情节，无法诠释，在记忆里被遗忘的孤苦。

高耸的楼宇坚实地杵在荒野上，素洁的身体上涂满了花花绿绿的房地产广告。商业化的身影，被安插在任何可以安放的平面上。这个世界，物质索求的欲望已经到了最极限的时刻。精神的魂灵躲藏在暗夜的平房内，萎缩着瘦弱的身子。希望，像是荒原冷不丁出现的绿色，挺起它单薄的胸膛迎接着又一波狂风的洗礼。那些从边角颓败的房舍升起来的云烟，黄昏的背影已经将它轻轻地压碎。屋舍里悬挂着风干的红辣椒，在柔风的轻抚下响动着淡雅舒适的节奏。这些向往的地方，被现实抹上五颜六色的颜料，始终，伫立在辽阔的荒原里，让人远远地怀念。一张画布，一个支架，一些孤苦的追寻者，在精神的高地里，等待下一轮瑰丽的明月！

二

被时光切割断的影子，像是一个破碎掉的梦，游荡在虚无的世界里竭尽全力地明哲保身。一段被遗忘的时光，在月影的照射下，踽踽行进。

流淌的河流，打捞起月光的美色，唱起了一曲曲曼妙的歌谣。

这样的场景，在爆竹声声中，迷乱地闯入淡红色的红酒群里。一些大同小异的客套话，冷落了藏匿在内核里苍白的容颜。徜徉，徜徉，三轮车的方向盘搅动整个世界的寂静。落魄的巷道口，惊雷吓走了一只躲藏在垃圾坑前的黑猫。流浪的乞丐哆嗦着身子，呼噜声在电线杆上浅浅地吟唱。

多少次从北方远道而来凛冽的寒风，吹落梧桐树上最后闲散的一些黄叶。

三

顺着我思想的洪流，我看不清任何人的面孔。火焰的颜色它灼伤我病痛的肌肤，向晚的彩云它沉沦了我艳丽的传说。不会再有任何时刻，拥抱属于自己的温柔。我孤身行走在沙漠的边缘，枯萎的蒿草跪拜在沙地上为我送葬。那一轮已经半杆子高的月亮，依附在葱茏的边寨中，与飘游起来的炊烟相互嬉闹。我出现在月亮的阴影中，惆怅的步调沉重地踏在沙窝子里。月光凄凄惨惨地用薄纱遮掩住它周身的憔悴，眯着眼，留下一地的荒芜。当一个没有思想的躯壳在旷野的傍晚中苦苦寻找灵魂的时候，几匹骆驼孤零零地从老长城脚下忧愁地滑过。我突然想到了秋瑾，想到了供词上寥寥几个字的悲怆：秋风秋雨愁煞人。在黑暗的牢房内，她沉睡的躯体感受不到灵魂的高傲，倚在墙根单单数着天空中稀疏的星辰。

落日的余晖轻轻铺满辽阔的沙漠，那淡雅的粉红色就亲吻着大地的荒凉，一夜，又一夜。我身后扭曲的脚印已经变得模糊，干冷的风抚平我远去的踪影。什么时候，鬼魅般的影子黑漆漆地紧靠在我的眼前，我瞬间能感受到那种透心的冰凉从脚底迅速蔓延到全身。我瞪大眼睛，梳理好全身的恐惧感，继续前行。

好一个安然的夜呀！

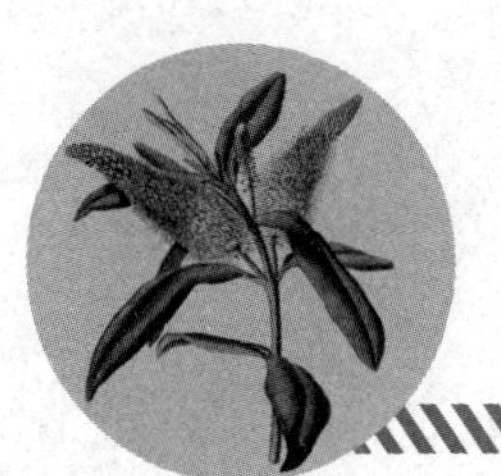

第五辑　千年高原

沟壑纵深的黄土高原，像极了父辈脸上婆娑的皱纹。

那些历经千万年时间打磨的苍凉，静静地浮笼在高原的上空。从北向南涌动的黄河水，最接近陕北的颜色。那一曲曲悲怆的信天游，就从山间飘荡过来，经久不息地洗濯着高原的筋骨。

高原散章

高原兀耸在寂寞荒凉的怀抱里，哭泣的感伤惹怒了透亮的蔚蓝天空。纷飞的鸟类翅膀硬过山湾湾里挖出来的铁矿石。它们列着队伍在空中舞着演练了数个春秋的节奏。

覆盖在高原身体上的天空是感怀的。它抖擞着自己硬朗的身体，叫来几朵漂亮的烟云，遮掩住自己的娇羞。高原的天空是有着闺房待嫁的女孩子的性格的。

高原裸露着自己的身体在夕阳的眼前袒露着昨天发生过的是与非，这时候五彩缤纷的余晖就肆意地散落在它们的身上。天空眯着眼睛，静静倾听着，无名氏的花朵隐隐约约绽放的声音。

天空是喜欢鲜花绽放的声音的。高原是喜欢坦白与怜悯讲述的。

向日葵，挥舞着庄重肃穆的绿色的衣衫，在太阳神的庇护下，愉悦地唱响高原涌动的序曲。

成群的蜜蜂，穿上了新买的花衣服，将生活过成一个热闹的聚会，谱写出辛勤与朴实的华章。蜜蜂爬上高过山头的向日葵，吸吮着属于整个世界的芳香。

向日葵的花朵是太阳神虔诚的朝拜者，它有着比高原更辽阔的胸襟，有着比天空更无垠的坦荡，有着比天空庇护下整个高原更为饱满的激情。它昂着头跟随着太阳的脚步，歌颂高原豁达的胸襟，赞美天空溢满流云的包容。

总想用擦拭得雪亮的镢头，挖出来黄土地的苍茫。

贫瘠的高原，穿上了黄土地厚实的衣装，横跨在历史的沟谷中，展露出博大的意念。黄土地是高原最值得炫耀的光彩，它带着亘古不变的炽热，默默地为高原的寂寥不断地送去淡雅柔和的问候。

犁铧、老黄牛，是黄土地最忠实的伙伴。它们用真诚的心态为黄土地挠去整个冬天的瘙痒，种植下与黄土地交配的春种。

春种融进了黄土地的筋络，融进了人们眼中的满足。

黄土地，是高原日夜的挂念，是高原钟情的羁绊。

村庄依偎在高原浅浅的山沟沟中，静静地诉说着日月的焦苦、幸福、美满、沉寂。

袅袅升起的炊烟是村庄传达给高原的信息，它弥漫在高原坦荡的胸怀中，温暖了整个春天的需要。

高原的春天，村庄大槐树下的河水渐渐解冻，人们踏在它柔软的身体上，开始了农耕者年复一年的播种。高原的村庄，在耕种者的步伐日渐稠密的下午，踏上了生命的征途。

村庄，高原。高原，村庄。

一个美丽的梦，开始绽放它绮丽的花蕊。

向晚的霞光，柔软地将大地笼罩起来。透明色的罩子，看不见与高原的接壤处，也看不见与高原的别离处。灰蒙蒙的炊烟，在霞光中婀娜多姿，像刚出浴的美人小蛮腰上缠裹的白色轻纱一样，妩媚，且溢满魅惑。老槐树、白杨树、沙棘树，所有的林木；高粱地、荞麦地、糜子地，所有的庄稼地——它们都是艺术细胞灵动的观众。一阵清风，穿梭而过，呼呼啦啦的掌声便此起彼伏，如波涛涌动，巨浪滔天。

高高的炊烟，带着朽木潮湿的味道，一波高过一波。院落里，上个深冬堆积起来的柴火，越来越少。有的，干脆化成云烟，钻进高远空透的天空，四处游荡；有的，袒露着不舍的情愫，缠绕于茂密的林木深处，不知不觉中，将自己隐退。

村庄里的炊烟，往往扶摇而上，然后在某个约定的地方进行一轮漫长的等待。

每一缕炊烟，都是柴火死去的灵魂，它们在即将灰飞烟灭的时刻，摆裳起舞，侃侃而谈。懒懒散散地斜倚在高原沟沟壑壑中的村庄。它让各种林木的浓郁，掩饰住自己的哀伤，它让高高的围墙，遮拦住自己的脚步。远走高飞的村民，困顿地行走在纸醉金迷的繁华废城里。麻木的表情，一如这伤感着的村庄。

炊烟是流动的感伤，村庄是静止的伤逝。

从民歌里读懂高原

那是一种从黄土高原苍凉的土地里奔出来的干瘪干瘪的调子，那是一种从朴实无华的脸庞彰显出来人间大爱的淳朴情感。土得甚至带着芬芳的泥土香的歌词，随着拦羊汉子粗犷豪迈的声音，在高原连绵不绝的土圪梁上蔓延。羊群偶尔朝着夕阳一声声断断续续的咩叫，便是这歌声最原始的伴奏了。民歌，就这样，带着与生俱来的悲怆，流淌过岁月走过的每一个脚印，像是一个伟岸的背影，朝着日落的方向，缓缓前行。前面有胡杨林秋季里圣洁的凄凉，有戈壁滩细雨中淡淡的忧愁，有着滔滔黄河水汹涌澎湃的瑰丽景象。

光秃秃的高原，沉浸在蒙蒙的雾霭中，灰塌塌的，连接着沉默的远方，连接着月光铺洒的天际。风，带着北方的冷峻，抚慰过每一株破土生根在高原上高高低低的蒿草。没有浪潮般的澎湃，没有奏响天宇的震撼。一切，都在默默然。仿佛春天里柔和的暖风吹起小溪里波波涟漪，自然、飘逸。我喜欢追逐高原上穿梭而过的民歌，沉浸其中，而后伫立在清冷的高原之巅，朝着高粱地暗红色的梯田，悠然远望。天的尽头，一丝丝从地皮升腾起来的溽热气息，形成了一道漫漫漶漶的矮墙，沿着视线所能及的地方，奔突而来。那民歌，就像活泼的精灵，从我嘴中欢腾而起，瞬间，便向着我心中无法企及的地方，呼啸而去。耳边，劲风的嘶鸣，随即追随歌声而去。越过高过田垄袅娜的炊烟，越过白杨树葱绿的枝叶，越过无定河鱼鳞片一样的碎光……我模糊的视线里，色彩斑斓的霞光，从远方走来，步履轻盈，表情委婉。

沉浸其中，我的身心，已经跳跃出被禁锢许久的牢笼。一切纸醉金迷，灯火璀璨的景致，都被那大自然缔造的沉静隐退。悄无声息。就像我们无法知道，春风吹过苍茫的大地后，破土生芽的那一株小草是何时走进我们的世界；就像，我们无法知道，从指缝间消逝的时光，为何没有感知到自我的存在。

一轮红日，浮游在地平线低矮的上空。霞光穿梭过的林木，泛着点点昏黄的光亮，目光呆滞。几声悠远的蛙鸣，在一畦畦长势旺盛的菜园子身边，自信地飞舞起来。或者，还有炊烟笼罩下的犬吠，鸡鸣。大自然中弥漫的声音，如此让人迷醉！而那在民歌中穿梭的高原巍峨的身躯上，我所挚爱的童年生活，在河畔肆无忌惮地游戏，在沧桑的枣树下欢呼雀跃地演出。生活过的时光，已经褪去了应有的颜色，像电影里偶尔回忆的时候出现的黑白片段一样，没有准确的言辞，只有暗淡的表情。我的童年时光，它们应该是挂在高大挺拔的老槐树上洁白无瑕的槐花，散发着浓浓的幽香……

我站在高原的最高处，似乎就看见我的童年洋溢着灿灿的微笑，在我的视线中，愉悦地演绎着。民歌，陪伴在身边，表情怡然。我不知道，究竟用什么来形容，那一方曾经养育过我的高原才更加恰到好处。力不从心的是，我稚嫩的文笔，再怎么描绘，始终不能像画笔一样，浅浅地勾勒出生活的色彩。长长的身影，托着我木然的身躯，在绿油油的糜子地里，漫步。崖畔上红彤彤的酸枣子，在炽热的黄土映衬中，窃窃私语。

多想化作，悬于山崖之上生机勃勃的草木，沐浴阳光，享受惬意。

走过民歌穿梭的黄土高原，就是走进一些无法忘怀的往事，就是走进心灵最深处的感知！耳畔，民歌顺着纵深的高原沟壑习习而来，舒缓、绵长：

三春里那个黄了风哎哟哟哎数九地个冰
难为不过那人呀么哎哟哟哎想亲亲
哎嗨想亲哟嗬
马茹茹那个开花随着风风
妹子再好是人家的个人

怀念柳青

陕北厚实的大地之上，曾经的悲欢离合在历史云烟中都化成了滚滚的流云，在消逝的岁月中越来越深沉而模糊。逝去的岁月，有的，已经在人们繁琐的生活中渐渐抹掉了原有的色彩，甚至消失殆尽。而有些人，却永远留在心中，像石碑上镌刻的文字信息一样，历经岁月的洗礼，始终有棱有角，华丽如初，仿佛刚从尘土中出土的文物依然焕发着文明的光艳，昨日的芳香。就在这块神奇的土地上，一个熟悉的脚印，从山沟沟里，缓缓走向远方，走向那个神禾塬脚下终南山旁边的古长安。这一天，柳青站在沟壑纵横的陕北高原上，凉飕飕的北风吹乱了他凄迷的双眼，漫山遍野的枣花香溢满他周身的肌肤。远行的脚步从来就很缓慢，带着割舍不掉的情怀与充满希望的朝气，他回头望了望横亘在吕梁山脉和黄土高原之间静静流淌着的黄河水，心中升起了些许淡淡的忧伤。

从此，柳青的笔下，到处洒满陕北人固有的追求真理的激情和英雄气魄的澎湃。就是现在拿起他无数个夜里伏案创作的一部部震撼世界的作品，流溢在其中的深切情愫依然深沉醇厚。我在想，在那个历史的大环境下，他究竟是带着怎样的岁月情怀在一个个不起眼的日子里埋头创作的。

我曾经游走在长安的街道上，一棵棵柿子树在烈日的爱抚下飘溢着前所未有的朝气，勤劳的人们坐在院落里唠叨着生活的琐碎。一切，都是那样的安静祥和，幸福美满。我的眼前突然闪过一个人，他圆框眼镜格外显眼。灰黑色的长褂顺溜溜地披在他略显疲劳的身体上，暗黄色的脸颊，爬满了浓浓的伤感和勉强的微笑。是他，我似乎感觉到，这个影响了中国文学进程的人民作家就活生生地行走在古老的长安街。我紧跟着柳青的步伐，走进了一户农家院。院落里的塑料布上晒着刚刚从麦场里打回来的麦子，一些麦子还带着颗粒状，显然还没有进行下一步的加工。柳青迈着缓缓的步伐，走进小院。走进黑漆漆的屋子，坐下来和屋子里面的老大娘老大爷侃侃而谈，喜悦的神色悠闲地爬上他们的脸颊。我的眼睛湿润了，这是一种作家该具备的多么重要的因素呀。我们整天写生活，整天写别人，凭空构造的世界怎么能获得老百姓的认可。

我从屋子外走开，我怕我无意中的观望打破一个作家的素材积累。远处，神禾塬柳青广场上响起了悦耳的锣鼓声，上了年纪的人们活动着筋骨扭起了陕北的大秧歌。石雕的柳青像眼睛微微张着，似乎在仔细地欣赏着这关中平原上黄土高原文化元素体现在人民身上的盛宴。镌刻在石碑上柳青一生的功绩在夕阳的照耀下熠熠生辉。邻边院校的文学爱好者三五成群地蹲坐在走廊的石桌上细细品味着大师的佳作。是呀，谁说这个世界的文学已经被边缘化了。无数后起之秀正在追寻着大师的足迹叩响文学未来更加璀璨夺目的门扉。

正像柳青的文字，如果没有他的文字，我们后人该怎样在二十一世纪了解上世纪那些特殊的年代下老百姓生活的点点滴滴。历史信息能让我们了解一个时期的概况，历史信息下的文学作品更让我们能够详细地看出来时代背景下整个社会的动向。柳青的文字，亦是这样，我们每一个潜心写作的文人的文字，也应该是这样。这是社会赋予给我们的权利，也是无数像柳青这样的文学大家期望我们为这个世界所做的贡献。我是想说，任何时候，任何环境下，文学，都不会边缘化。顶着社会的浮躁，我们更该向柳青，向更多的文学前辈，学习些什么。这是我们应该思索的东西。

今夜，我又一次走进吴堡寺沟村，走进那个被后人修葺一新的柳青故居。红彤彤的枣子挂在树上分外显眼，清脆的蛙鸣和着娃娃们的嬉闹，似乎更有一番景致了。

吴堡石城

谈起陕北，谈起这块盛产苍凉的陕北民歌的黄土高原，谈起这里丰富多彩的民族交融文化，我的眼神会不由得转向这样一个地方。它静静地雄踞在陕北的东南方，像一只傲世四海的雄鸡，注视着英雄的黄河流过的每一寸田地。它更像一位鹤发童颜的智者，栖落在险峻的黄河峡谷之上，以它独具一格的风采，教诲着黄河边走过的每一个匆忙的脚印。我相信，在所有的人看过这座犹如大自然鬼斧神工般缔造的前无古人后无来者的石头城后，都会由衷的为生生不息的吴堡人送去发自肺腑的惊叹。它有着这样一个流传千古的名号：石头城。

每一个历史的建造者耕耘出来的杰作，它的上面必然写满这个时代深刻的烙印和不可毁灭的弥音。吴堡城亦是如此。或许，曾在泛黄的史册上寻找出关于石头城的点点滴滴，但一旦你靠近这座城，宛似那所有文字的形容都是苍白的。这是一种无法用语言来形容和修饰的震撼。它能冲破我们传统的审美观造成的美学角度，让我们思想中的美全然不复存在。就是这样一座不太大的小城，在任何人的眼中，不愧为全人类不可遗弃的文明。它的身上所展现出来的哪怕就是一块灰溜溜的砖头，在阳光的照射下也是出脱的活灵活现，似乎一个鲜活的生命就紧紧依附在这灼热的砖头上面，以至于，每次观测到此番景象，竟不自觉地放慢脚步，连举手按快门的动作都全然忘记。这样的感受，我不知道，世界上还有什么地方可以让人品味到。而如今，古城在人们写满铜臭的眼睛上居然显得那么微不足道，不得不令人感到叹息。

走进吴堡古城，一块块斑驳的石头上面，隐隐地爬上些暗绿色的青苔，知趣的蛐蛐游玩期间，偶尔激情四溢，演唱出来些千古绝唱。我行走在被脚印磨掉棱角的石路上，从青苔中流溢出来的古香，似乎浸满我周身的每一个细胞。这种暗淡的幽香，是来自那个神秘的西夏，还是来自于木华黎威猛的骑士，我不得而知。正如我上面所讲，只要你进入这座城，那所有富含在上面的历史信息都是苍白的。石头城的静穆和淡然，足以让你忘记身边所有的繁琐，静下心来，朝着浑然不觉的黄河肃穆地张望。微风过处，爬行在石城周边密密麻麻的枣花，送来些许淡淡的幽香，就更是一种别样的滋味了。

吴堡城，我只进去过一次。我就再也不能忘记它。它像我魂归梦绕的新娘，抽掉我所有闲碎的杂念，让我浑身沉浸在思念和回忆交织的梦网中，迟迟不能自拔。就是这样一种感觉，任何的文字在它的面前，都是那样的软弱无力。我抚摸着一块块灰黄色的石头，似乎就听见了那些来自昨天嘈杂的叫卖声，叫卖声和着滔滔的黄河水惊涛拍岸的巨响，在我的眼前，呈现出一幅旖旎的水墨画，我就敢承认，这比我看见张择端的《清明上河图》更加令人销魂。我闭上眼睛，用鼻子轻轻嗅出游丝一样漂浮于石头城上空的味道，心中生起来的，是近乎原始的泰然。再看看石头城上一座座显赫的大门吧，鳞次栉比的砖瓦像天宇中的星辰一样璀璨夺目，吸引着人的不仅仅是一种眼神上的互动。镌刻在大门两侧苍劲有力的大字，虽然在岁月的长河中已经褪去了大多数的笔画，但就是在今天，依然能很容易地辨别出来，字的厚重，字的圆浑，字的磅礴。大门里边是已经不再方正的木门，残存的身子依然健在，彰显硬朗。我不由得用手抚摸，似乎一股股温暖的气流，顺着我周身的命脉，席卷全身。我已经惊呼于这样的精致。一进院门，丛生的杂草没能阻拦院落随身附带的气度。遗弃在院落一角的石磨上，插着或许是槐木棍吧，静静守候着磨盘，似乎只要主人一声哪怕嘶哑的呼唤，就能摇身行动，完成它背负的使命。我上前一碰，槐木棍像是上了年岁的老妪突然遇见远方归来的冷风，颤颤抖抖倒落在地。唉，它们已经经不起任何的碰撞了。我心中一片黯然。

石头城，一座心灵守候的古堡。石头城，一谈起石头城，眼中，便湿漉漉的，总还以为是泪水……

秋雨

今年雨水特别多，就连我所在的这个干旱少雨的北方城市，往往被北方性格感染得凶悍的雨水也像在夜晚徐徐生起来的风，细腻柔情地抚摸着黑黢黢的视线，不停止。

雨水很多，却不大，让一些窸窸窣窣的浪漫情调，缓缓升腾起来。一把把五颜六色绽放正酣的雨伞，被一个个靓丽的身影撑着。雨伞在雨水下形成一个个移动的蒙古包，遮掩住脂粉修饰出来的美。这个北方城市罕见的雨季，显得楚楚动人了。

站在雨中，我没有打伞。头发被雨水淋湿，一粒粒水珠欢快自由地在我脸上舞蹈。所看见的雨景，就显得更加朦胧可掬。

可能几十年也不会遇见这样一场没完没了的雨。很显然，对于老天这样的安排，习惯少雨的这座城市，有些猝不及防，或者多少有些憎恶。这些浑身写满暧昧绵长的雨水，是怎么也不能和粗砺旷达沾边的。人们哭丧着脸，在雨伞下，惆怅、无语。

而这些，却让我想起了故乡的秋雨。故乡的秋雨也是连绵不绝的。

它更像是割舍不断的爱恋，走出去两步，再退回来。于是，不断地徘徊，不愿离去。

故乡在陕北。陕北给世人的感觉，是一个处于时代边缘的贫瘠之地。它给人留下的印象，莫过于那一箍箍在山地上挖出来呈土黄色的窑洞，以及仿佛再怎么洗涤都不会褪掉的亘古荒凉。世人也许不知道，陕北的雨水，是积攒到秋天，一股脑全部交给大地的。

秋天的陕北，是迷人的。迷人的庄稼地，让人心生欢喜。黄格灿灿的玉米棒子，红格丹丹的枣子，沉甸甸的谷穗，喜洋洋的笑脸，都在秋天的这个时节，光彩夺目。秋收是美好的，秋天连绵不断的雨水，更是喜人的。

秋天的陕北，一个个用庄稼茬子垛起来的柴堆下，总能看到咕咕休憩的老鸡带着一窝姗姗学步的碎鸡仔。细小圆润的小眼睛，四处张罗着，捕获着。雨水淅淅沥沥地下着，丝毫没有影响到它们的雅兴。它们是幸福的。就像此时盘腿坐在火炕上叼着一根木制的长烟锅子的农人，享受着文人骚客眼中的闲情雅兴。成群结队的雨丝，在刚刚收拾完庄稼的黄土地上，迈着着妙曼的身姿，吟唱着动情的曲子。

屋檐下早已放好的盆盆罐罐，在雨滴的亲吻下，偷偷地乐着。那似乎从包裹得严严实实的洞房里传出来扭扭捏捏的声音，更像是帕米尔高原上秃鹫掠过留下的夹着河水潺潺声的天籁。水滴落下的节奏，有时急促，有时缓慢。一会儿是慷慨激昂的交响乐，一会又是柔情似水的溢满爱与恨的缠绵曲。忙碌了半个月的困顿的农人，眯着眼睛，抽着旱烟，别有风趣。此时，一年劳作的疲倦，像是那经历过沧桑凄凉的岁月，转瞬消失。秋雨中面露悦色的农人，像山崖崖第二次绽放的苹果花，异常绚烂。

衣兜里揣着没来得及炒熟的生瓜子，圪蹴在土圪梁梁上，和伙伴们，将吐下的瓜子皮，埋进那泛着微微温暖的土地。抑或随手摘几颗在秋雨中沐浴的大枣，扔在嘴里，甜丝丝的。

秋雨很细，像线条一样，丝丝缕缕。秋雨很小，小得都顾不上聚在一起远去就渗进大地。雨水是温暖而又细润的，温暖是雨水给农人迎面扑来的感触，细润是雨水带给人内心微微的颤动。

小时候的我，就生活在这样的场景中。

如今，故乡的概念，已然模糊，何况一场故乡的秋雨！

我贪婪地张望着这个北方城市就像故乡秋雨一样的雨水，似乎在寻找一条穿梭在故乡沟沟壑壑中崎岖不平的山路。可是，眼前突然闪现出来的那条熟稔的山路，这么些年了，却愈加坎坷了！

崖窑峁

父亲走过这里，走着走着便没了。

河水流过这里，流着流着也殁了。

似乎所有的人，物什，在崖窑峁都会变得脆弱，最后耐不住时间的蹂躏，悄然之间就烟灭灰飞。在陕北，崖的读音不是YA，而是NAI，二声。崖窑是修建在半山腰的山洞，像个飘零在高原的游子，在一阵风又一阵雨里，缄默着，坍塌着。守护着崖窑的，是悬于山腰的酸枣林。酸枣林非但没有老去，相反越来越茂密。

小时候，我并不知道崖窑的故事，长大后，也少有人知道它那凄楚的过往。陕北的山，不全是黄土，窄狭的沟谷两端的崖畔，大多为红土。红土粘性很强，遇雨水后，一下就将布鞋死死粘住，一个人很难摆脱。红土不肥，不长庄稼，不受植被待见，它赤条条地站在那里，却有着冷峻的眸光，坚毅的体魄。

有一年父亲偏偏不信邪，硬是在红土上开垦出一片土地来，种上了糜子。糜子忍住了父亲的刚烈，却没能忍住红土的绝情，在夏之初便黯然死去，留下一抹杂沓的枝蔓和村人轻蔑的耻笑。第二年，父亲执意从黄河畔找来几棵枣树苗子栽种在新地上，隔几日便从崖窑峁那丁点大的河水中一瓢一瓢舀满水桶往枣树浇灌。枣树苗也给足了父亲面子，一天天茁壮着。

六月，陕北高原充盈着枣花的独特的芳香，可父亲的枣树却毫无动静，一些米粒大小的花骨朵就是不迎风绽放。它们胆怯地生长在逼仄的红崖下，终日无语。父亲见此情况，二话不说，提起水桶就朝那缝隙般的河水走去。

几日后，父亲枣树上的枣花终于慢吞吞地绽放了，并散发出浓郁的清香。父亲终于不再关心那几棵枣树，转身湮没在那抹随风摇曳的高粱地中。

爷爷说，崖窑峁曾是汪洋一片，里面生长着各种各样的鱼和鳖。那时候每到夏季，人们便拿着手工缝制的网子，捞鱼改善伙食。后来农业社的时候，为了提高产量，人们把水库填平，成就了一片坝地。崖窑峁，自此成了腴沃之地，生长的玉米粒粒饱满，生长的土豆颗颗比拳头还大。崖窑峁只留下一股细细的水流，艰难地从一块石头缝里流出来，艰难地生成父亲去取水的那条孱弱的河流。河流长约三四十米，夏日用水高峰的时候，甚至不足十米。生渴的时候，我总会趴在出水口，咕咚咕咚喝几口。喝水的时候，我甚至能听到石头缝里的大水撞击石头的无奈，它们终是没能撞击开质地坚硬的岩石，却孜孜不倦。

有了河水，就有了菜田。小河的周围，一畦畦菜田在农人的精心梳理下，长出黑黝黝的蔬菜。圆润的茄子，金灿灿的南瓜，挂满藤蔓的豆角，还有我小时候最喜欢吃的小西红柿。现在城里人又给它重新起了一个名字：圣女果。随着菜田越来越多，人们干脆把河水截住，形成一汪池水。池水边，用红土粗抹一遍，既美观，又结实。从此，野籁声声。

父亲的枣树在雨后慢悠悠地成长着，我跟在母亲的身后，屁颠屁颠地玩闹着。去崖窑峁有一条缓缓而下宽约一米的小径，小径上野草肆意生长。牛筋草、车前子、蒲公英等交织成一条蛇形的绿地毯。

母亲这次去，既不是浇菜园子，也不是摘菜果，而是捡拾地皮菜。地皮菜也挑地段，全村就崖窑峁有。其他地方，就是有着和崖窑峁同样的环境，也召唤不来地皮菜的停留。一场酣畅淋漓的雨水后，那地软一夜之间恣意疯长，造就了一顿富含泥土清香的可口美味。母亲蹲在草地上，一片一片将质地松软的地皮菜捉在竹篮里。第二天，经过母亲繁琐的加工后，地软包子扑鼻而来的浓香就在窑洞里弥散。

为了解决吃水的问题，村里十几户人家集体商议，决定在崖窑峁打一眼井水，然后将水管埋在地下，用200米扬程的水泵把水送达每家每户。

寻找水源就摆在了头等的位置。水库已遮覆了几十年，知晓水源口的人也已仙逝，只记得大概方位。不过人们最后还是得到了崖窑峁神灵般的眷顾，只挖了一次，就找到了泉眼。泉水积聚了几十年的力量重见天日，喷涌而出。喜庆的鞭炮声和人们的欢呼声，交错在一起，崖窑峁进入了久未有过的喧嚣之中。

几个月后，当崖窑峁清冽的泉水顺着山脊攀援而上哗啦啦地从水管注入院落水井的那一刻，母亲的眼眶，泛起了涟涟泪花。多少年靠着肩挑驴拉的汲水岁月将永不再现。崖窑峁，突然变得重要了起来。屋前饭后，人们的攀谈总少不了它的名字。

随着水路的打通，原来的那眼细水，也完成它的使命，再也没有流出一滴。棋布在崖窑峁的方方菜地，也日渐荒废。没有人再愿意走三四里的路，前来照看缺水的菜地。菜地从崖窑峁消失后，又茂腾腾地出现在窑洞院落里。每到夏日，家家户户，绿树掩映，果蔬飘香。母亲再也不需一大早就前往崖窑峁摘菜了。她的脸上，那如涟漪般的笑容，一天比一天灿烂。

枣树第一年挂枣，父亲却陷入了惆怅之中。他亲手栽植的那几棵枣树上飘曳的幼枣又稀又小。当其他地方的枣树已经从上向下慢慢由浅红变得殷红的时候，父亲的枣树却无动于衷，似乎一切与它无关。父亲一根烟接着一根烟抽着，不几天，他就要去查看一番。当一次次的查看最终变成一次次的失望时，父亲再不前去。崖窑峁，似乎已成为他码放在心域的凄楚之地。

我想，父亲的失望，恐怕是基于勤勤恳恳的劳作没能获得硕果的挫败感吧。

秋天到了，高原一下子变得生动起来。五颜六色的庄稼像是被画家涂抹上的颜料，呈现着沉甸甸的阒阒景致。秋风轻盈，有姹紫嫣红的火烧云，如同悬吊在天边绚丽的水彩画，在高原一帧一帧变幻着。

父亲和母亲变得更加忙碌，他们要赶在秋雨来临之前，将所有的粮食采摘回来进行进一步的加工。平整的土院里，变得狼藉不堪，一摞摞黄豆蔓和谷穗毫无章法地散落着，等着父母得空后连枷的按摩和碌碡的碾压。

在崖窑峁的坝地上，父母的身影在苞谷地里一起一伏，苞谷棒子，就会成堆成堆地在秋风中闪现。只几日过后，那道道皱纹就在浅浅的鼾声中爬上他们的脸颊。父母是在用他们的生命为我和三个妹妹的成长奔波劳顿。也只有一辉月光下，我才能从他们的深寐中清晰地辨识出年岁的无情。

半个多月的劳作后，所有的庄稼已经安然无恙地躺在石仓。父亲似乎已经忘记了还有他曾日日记挂的几棵枣树没有收获。

我和母亲，淋着曦光穿过如肠般蠕动的小路时，我们讶异地看到了父亲的枣树已被欺凌得颓靡不堪。母亲立即将随身携带竹篮放在一边，查看一番后，把挂在树梢最后的十几粒枣子小心翼翼地采摘下来。她还顾不得尝一颗，就把枣子仍在空荡荡的竹篮里。

枣子的个头明显要比其他地方的枣弱很多，却通体发亮，红得耀眼。

我捡起一颗顺手在衣襟擦拭了几下扔在嘴里，我的味蕾被蜜糖一样的甜美瞬间俘获。我急忙告诉母亲，母亲来不及擦拭便咬了一口，随即嘴角就飘漾起温婉的笑容。

母亲轻声微笑着说，怎么会有如此甜的枣，怪不得枣枝被人拽得七零八落。

我和母亲把剩下的枣子带回家，父亲吃了一颗后，急忙往裤兜揣了几颗，挺直腰板，朝村里聚集人最多的碾道洋洋得意而去。在我十七岁的时候，崖窑峁的梁上多了一座矮矮的坟茔，父亲静静地躺在那里，风栉雨沐，陪伴着崖窑峁，也陪伴着那片土地的荒芜。

后来，听母亲说，沿着崖窑峁修了一条能走下拖拉机的宽路。

我急忙问，那条生长着地皮草的小径还在吗？

母亲不以为然地说，修路的时候已被埋了。

我又问母亲，那崖窑呢？

母亲疑惑地问我，哪里有崖窑。

崖窑峁，把最后的尊严，给了父亲。而那嵌在崖窑峁山腰崖窑的来历，崖窑的作用，却依然无人知晓。夏天，崖窑在圪针林的繁茂里消失，冬天又随着圪针林变得枯瘦，再次出现。而终有一天，他也会和父亲一样在人们的意识里，消失，消失……

夜游开化寺

是夜，开化寺的寂静向着四面八方的沟沟岔岔蔓延开来。皎洁的月色柔和地铺洒在开化寺洁净的青石板街道上，生起来些许的静谧。偶尔清风拂来，吹响悬挂在庙宇上暗黄色的风铃，惹怒不远处还没有入眠的猫猫狗狗，猫猫狗狗也开始凑热闹，慵懒地喊叫几声。除此之外，这座深埋在黄土高原怀抱的寺院在这个宁静的夜里别无其他的声响。古寺院附近的商店都打烊了，只有寺院内来回走动的守庙老人，左手提着马灯，一瘸一拐地潜行或是平静地四处张望。老人轻轻推开庙门，几句话的功夫就又弯着佝偻的背慢吞吞地将庙门锁上。庙里的蜡烛将老人的身影倒映在斑驳的墙壁上。老人默默无声，转身走向其他的庙宇。

开化寺位于陕北康家港乡。处在李家圪台村和康家港村两个自然村的交汇处，三面环水，背依魁梧高大的圪梁山。建于何时，已经无从知晓。但从它满目疮痍，颓废苍白的面目上，我们似乎很容易就能看出来，散落在它身上一如既往的孤独与落寞，想必，年代久远了。我试图从摆放在大雄宝殿门口的残碑上索寻些相关的信息，可碑文已被岁月侵蚀得不能辨识，镌刻在碑身上一个个活脱脱的字已经不知在什么时候从碑上褪去。我寻着守庙老人的足迹走去，磨掉棱角的石板路显得凹凸不平，却错乱有致。我轻轻从上面走过，生怕打破它的庄重和肃穆。迎面拂来从河边吹来习习的凉风，为我紧张的神经送来淡淡的清幽。我浑身略微舒展开来，转身向远处望去，隐去差不多一半的神路石阶上面，依附着停止歌唱的蝙蝠，月光下，像是守护寺院的精灵，在尽职尽责地完成着自己的使命。我在静静地遐想，是否在蝙蝠的身上，携带着关于开化寺一个个不朽的传说。世世代代住在寺院周围的农人曾告诉我，建立开化寺，是为了对付生在开化寺脚下一个无所不能的蛇精的。相传，在未建开化寺之前，有一条蛇精居住在开化寺脚下的石沟里，它每隔一段时间，便要吃掉附近的一个村民。很多村民心惊胆战地被迫远走他乡。后来，掌事的村民请来了山西的高僧，高僧为了长期对付蛇精，便在此地始建开化寺，保佑八方百姓。如今，蛇精的故事早已经在开化寺周围居住的百姓心中生长成了耳熟能详的故事典本。

每一年 3 月 28 日的庙会是开化寺最热闹的时候。庙会会特意邀请来山西的晋剧和高原的二人台等剧团助兴。远在数十里之外的百姓都不约而同地放下手中的活计，或是赶着毛驴，或是步行前来进香祈福。我小的时候，每年总是背着父母，步行二十余里，来到庙会现场，偷着钻进马戏团的大棚里面，津津有味地欣赏着脸上涂满颜料的小丑玩弄着高危险的动作。而每次赶庙会回去我就成了同学之间的佼佼者，他们都怀着崇拜的心情围坐在我的周围，双手托着下巴，认真地倾听我介绍关于庙会的场景。这样的庙会一直有序而平静地持续着。人们谁也没有预料到，这座被视为十里八乡圣地的庙宇，会在一个现在称作“十年浩劫”的文革时期被完全人为地损坏。留下几座孤零零的庙宇，形单影只地耸立在山前，没有了任何的生机。古代的画匠，雕塑家们没有预料到，山西的高僧，也没有预料到。人们拆掉了寺院，拆掉了木制门窗，拆除了数以百计的石碑，拆掉了这里的一切。于是，寺院周围的村民忙碌了起来，根本不顾广播上不断宣传着破除迷信消除愚昧的话语，或许，他们根本就不懂这些。他们只知道，所有人都在违背神灵的情况下抱走在家里可以用得上的寺庙用具，然后快速远离现场，而自己也不能只当作观看者的角色。就这样，一个历史的辉煌一个心灵的信仰彻底毁灭。人们很聪明地将挂在庙宇上面弟子献赠的牌匾加以利用做成了柴房的扇门，将暗黑色的石碑做成了做饭的锅灶或者石桌石凳，然后，将抱不走搬不动的雕塑用锤子打碎，填平被雨水冲断的道路。就是那样一个年代，开化寺的钟声，再也没有准时在钟楼上敲响。时隔二十年以后，人们在缺少了信仰的生活中，找不到一丝精神寄托，有人便将目光又转移到已经残废的开化寺上面。在他们振臂呼吁下，四方百姓纷纷慷慨解囊募捐钱款修葺开化寺。生长在残存的庙宇顶端的野草，晃动着沉重的脑袋，依然悄悄地嗅着从曾经住着蛇精的石沟里散发出的野花香。

明月高高挂在开化寺山门前高大的老柳树上，柳树旁边的寺院造纸厂死气沉沉。硕大的圆柱形石头四处摆放，表面布满了腐朽的暗黄色细沫。就在此时，提着马灯的守庙老人，又从睡梦中安静地醒来，安静地忙活开来……

壶口大歌

一瞬间，那黄浊的洪流就飞跃而起。然后伴随着滔天的怒吼，跌落在落差四五十米的石崖之下。从此，平静的流水再也不似闺中的绣女，一反之前给人留下来的印象，宛若一队队视死如归的兵士，面露狰狞，吼声震天！

你可能不曾知晓，这是黄河的另一种姿态。

从巴颜喀拉山脉出发的涓涓细流，一路敞开胸怀，接纳着从或是荒原，或是石林，或是沟壑流浪而来逶迤如蛇的枝枝蔓蔓，一路温暖如春，如佛家般慈悲，如草原般豁达，如蓝海般旷远。在苍茫的戈壁之地，你忍受烈日的灼热，默默无语；在无垠葳蕤的宁夏平原，你沐着细雨，内敛幽静；在敦厚的黄土高原，你直面天下，将污浊揽入血液，只身孤独。一路安然而来，不管周围是瞠目，还是结舌，是欢颜，还是愤懑，你都孑然一身，踽踽而行。

我们的母亲河啊！你健硕的体态之内，究竟暗藏了多少仁心，多少怜悯，又有多少的无所畏。

你听，那震天响的鼓声在黄河岸边，此起彼伏。持鼓槌的汉子，素面凝重，黝黑的肌肤之上，青筋凸显，一条炽烈的红色丝带随风飘曳。一声急似一声，如暴雨降落，如巨浪嘶吼。一队着大红大绿衣衫的婆娘们，手持彩扇，踩着鼓声，那秧歌就扭成了一朵朵恣意绽放的牡丹花，朴素之中见华贵，妥当之中见万变。

有牵驴的陕北老农，头上挽着被岁月提炼成枯黄的毛巾，拳头大的布疙瘩就在额头晃悠着，听到那鼓声，那毛巾也似乎要跳出来，在黄河边上，舞一舞，跃一跃。

有噙着唢呐的汉子，鼓着古铜色的腮帮子，把岁月凝聚成浩然之气，在指尖的敲击下，吹奏出震人心魄的调子，那浑朴苍凉的调子，直引得鹰隼在天宇盘旋，划下无数个同心圆，直引得蓝眼睛的外国人止步顿足，凝固成一座聚神的雕塑。

这才看见，那如男根一般坚韧地插入天际的石碑之上，遒劲的笔触记录着黄河在此地威震八方的大名：壶口。

雄浑的壶口，壮美的壶口，令任何文字在它面前，均显得苍白无力，单薄若纸。一波又一波如潮水般涌来的观光者，临着壶口的时候，总是呈现着两种姿态，他们在短暂的欢呼之后或是安然伫立陷入久远的沉寂，或是眼睛一酸潸然泪下。没有人会想到，柔婉的细水竟然能激荡起如此的蓬勃之势!

就是这一汪浑浊的黄河水，它哺育着一代又一代炎黄子孙，迎着朝阳，扶摇而上，让这支东方的古老人民，永远都傲然屹立在世界民族之林。

就是这一汪浑浊的黄河水，它蘸着一个又一个四季的轮回，伴着匆忙的时光，让这块炽热的土地厚重又厚重，深远又深远。

就是这一汪浑浊的黄河水，它把所有的凄楚咽下，所有的艰难咽下，所有的不堪咽下，只待红日喷决而出的那一刻，为举世所瞩目。

你定是聚集了千年万年的日月精华，才让黄帝陵的松柏，枝繁叶茂，万古长青。你定是凝结了千般万般辛酸和辉煌，才让九百六十万平方千米的大地之上，温润如春，安泰祥和。

不敢去奢求，你的万丈豪情，我且不及你的十万分之一。今日，我只愿驻足于此，受着你的洗濯，受着你的澎湃，然后安静地看着你向你致敬，然后安静地匍匐在地向你膜拜。我曾在很多地方，与你有过深情的凝视。在河西走廊兰州锈迹斑斑尽享岁月的中山桥，在腾格里沙漠边缘的中卫黄沙滚滚的沙坡头，在大青山脚下包头群鹿追逐的浅滩，在吕梁山西麓的石楼辛关镇裸露的岩石上……平视、俯视、临船对视，不同的地方，我采取不同的方式与你重逢。在兰州，你是委婉的，在沙坡头你是浪漫的，在包头你是恬静的，在石楼你是瑰丽的。如今，秦晋之地的壶口，我在饱含温情的午后，正虔诚地向你行着注目礼……

深居林立的楼林间，曾经弥散于耳际的聒噪，让我心烦意乱，寝食不安。我从没想过，聒噪也可以是一种大美。

我们的母亲河，在壶口一改平日的慈眉善目，端雅谦慧，如虎啸般响彻瀛寰，震动宇宙。这不正是千百年来泱泱中华的性格吗？平静，是因为我们热爱生活，但绝不代表我们软弱可欺。我们珍爱和平，守护和平，但我们从不惧怕凌驾于和平之上的饕餮外敌。当我们的土地无情地被他们践踏，我们定会同仇敌忾，面对炮火，哪怕只剩一副血肉之躯，也要勇往直前。正如我们国歌中所唱的：我们万众一心，冒着敌人的炮火，前进！前进！前进进！

这是一种无所畏惧的精神，亦是一种傲雪凌霜的气魄！

有人说，如果你想了解中国，那就看一看黄河吧。是啊，作为华夏儿女母亲河的黄河，正是我中华民族的精神脊梁。它曾辉煌过，它曾流血过，它亦曾哭泣过，但它从未放弃过。尤其是十九世纪末二十世纪初，当我们的大好河山被侵略者占有，炮火连天，满目疮痍。黄河，连同亿万万人民，却流溢出坚韧不屈的豪迈气概，在中国共产党人的领导下，一雪前耻，让中国人民，再一次站立了起来。

水花四溅，盎然向前。黄河壶口，壶口黄河，你是盘桓在华夏大地的一首大歌，唱响整个世界，你是流淌在我们身上的血液，融进大地的情怀！

你听，那让敌人胆战心惊的《黄河大合唱》，在雄奇的壶口瀑布的伴奏下，正豪情万丈，起伏跌宕，无往不胜：

……
啊，黄河！
你是伟大坚强，
像一个巨人
出现在亚洲平原之上，
用你那英雄的体魄
筑成我们民族的屏障
……

梦中，一座石城拔地而起

四野虚空，遒劲的北风，呼啸而至。暗红色的沙柳，挺着柔软的小蛮腰，强有力地抗拒着北来的风。沙粒四起，昏天暗地。一种响彻荒原的哀鸣，在澄明的苍穹下，似乎诉说着流年往事。一疙瘩一疙瘩簇拥在一起的尘灰，像掠夺羔羊的群狼，龇牙咧嘴，狰狞恐惧。是一种撕心裂肺的怨恨，还是一种缠绕在心的寄托？抑或是苍茫的历史遗留下来无法解释的谶语？还没来得及深询，便呼呼送往绵绵的吕梁山去了。滔滔黄河水，日夜滚滚流。在河岸休憩抽旱烟的艄公，正斜靠峭壁双目安寐。黄河两岸始终对峙的逼仄险崖，寂静无语，任劲风驰骋过冷峻的耳畔；黄河中裸露出来的夹心滩，数不清的枣树胸膛袒露，孤苦生长。

一座颓败的城池，在黄河岸边兀自独立的塬头上孤苦伶仃。失去棱角的石堞上，瞭望孔朝着日落的方向逶迤而去。数十丈高的绝壁，硕大的磐石缠绕互补。石缝里蹦出来的枸杞子，拎着火焰般红彤的果实，闪来闪去。这便是躺睡在黄河枕边的石城葭州了。

月色皎洁，星辰棋布。我站立在凌云塔下，声声清脆的风铃，有时稠密，有时稀疏。像闺房里踱步的姑娘，时而急促时而缓慢。脚下天生的石板，平展展的，爬行其间的褶皱，朝着四面倾泻，直达光秃秃的烟头上去了。当地人将燃放狼烟的石堡称作烟头。时不时就在嘴边挂着，谁家的老爹去烟头拦羊了，谁家的老婆去烟头挖野菜了。烟头成了所有人都详知的标志性建筑。其下狭窄的荒地上，却生长出茂密绵软的丛丛野草。锯齿形叶子的苦菜、韭菜花果实般圆球形的蛰檬花、利剑一般修长的沙芥菜、像地毯一样铺延开来的地茭茭草……这些不受人关注的野菜，都成了苦焦的老百姓饭桌上喷香的菜品。这些生长极旺的野菜，还是育养牛羊的最佳食料。经年累月的风雨冲蚀，相隔数十米就矗立在悬崖边上的烟头，成为了时光里一抹残败的灯火，仿佛只要轻轻助推一把，烟头就会连根拔起跌落在浑浊的黄河水中，深埋于淤积的泥流中，最终化成历史演变中又一个鲜为人知的秘密。而迫于生计的人们，却也经年累月地蹲坐在烟头下的斜坡中，在烟头阴暗的影子下，无声地欢喜、惆怅、悲愤、默哀……这暗影，倒成了庇佑人们的神灵，接受着所有投掷者难以言明的心事。

我漫步在月光下的石城里，所有刺鼻的霉味在潮湿的雨后接踵而来。我似乎就能真切地瞧见，深埋于黄土地下爬满黑锈的冷兵器，正轻盈地摇动着空气徐徐浮游。我的鼻孔里已经明显地感受到一股浓密呛人的气味，霸占了我浑身跳动的脉搏，流动的血液，逡巡的细胞。似乎，我已在铁铜浓稠的冰冷气息里，跨越条条河水，身临枕戈待旦的石城前哨。

黄河水还在静静流淌着，带着一种神秘的躁动与不安，还有暴风雨来临之前彰显出来难得的凄冷。高高的旌旗端庄地站在石城墙之上，被冷峻的北风吹得呼啦呼啦作响。我穿着沉重的盔甲，手握长矛，朝着黄河对岸警惕地张望。几秒钟之内就从星星之火燃烧成燎原之势的愤懑，从将军响亮的阵前鼓动中开始。我仰头望去，月光下的长矛闪烁着耀人的光亮，似乎正在等待着滚烫的热血淹没式的浸润。擦拭得雪亮的长矛上，显而易见的某种饥渴的欲望，在我眼前激荡出些许的暧昧。兵器也在渴望一场旷世的战争，或许只有这样，它才更能体现出自身存在的必要与意义。涌动的黄河水，飘荡着又一波无法计数的星辰，在夜色中，轻声而动。我在感慨。一些莫名其妙的喜悦，打破充斥黑夜的沉闷，敲响我一颗久违的探索之心。

一声惊雷，随即便有一道闪电从天降下。黄河水也被撕裂开一道长长地口子，可在短暂的时间内又痊愈如初。石城春晚夏初之际，总会出人意料地飘洒起霏霏淫雨，冲洗掉刚刚萌生起来的闷热。雨水淅淅沥沥地下着，顺着我的脸颊，迅速淋湿游兴正旺的我。我驻足望去，千百万条游丝一样的细雨，朦朦胧胧地出现在我眼前。这漫漶的雨景竟然让我飘飘然起来。我扯开嗓子，吼起来一曲至今仍然萦绕在老艄公身边的《黄河船夫曲》：

你晓得天下黄河几十几道弯哎？
几十几道弯上，几十几只船哎？
几十几只船上，几十几根竿哎？
几十几个拿艄公哟来把船儿扳？

我晓得天下黄河九十九道弯哎，
九十九道弯上，九十九只船哎，
九十九只船上，九十九根竿哎，
九十九个那艄公哟来把船儿扳。

一曲苍老激昂的船夫曲洗去了我浑身缠绕的安静。远处黑黢黢的黄土圪梁上，没有入睡的几箍窑洞里，暗淡的煤油灯在窗纸中晃晃地摇曳，那影子，在朦胧的烟雨中时有时无，时隐时现。清凉的雨水将石城清洗得纤尘不染，一些覆着在青石板上的泥土，跟随着积起来的雨水，顺着峭拔的石崖，哗哗滴落在黄河水里。雨水还在沥沥地下着，高远的苍穹中已经看不见皓白洁净的明月，看不见熙熙攘攘的星辰。天气奄忽漆黑了许多，我心里却格外地神清气爽。呼啦一声，几只灰褐色的秃鹫，在石崖间急速地掠过，翅膀扑闪扑闪的。清凉的雨丝里一声低沉的鸣叫像偶尔敲响的铜锣一样，急促地朝我身边传来。我似乎隐约能感觉到秃鹫凄苦的身体上散漫出来的淡淡哀伤，还有微微欷歔。在这个雨丝漫漫的夜里，那几只急匆匆的秃鹫是在寻找什么呢？是在寻找夜空中迷失方向的幼鹫，还是在雨中盘旋以求更高的生存能力？我无从得知，只是仰头再斜着身子望去的时候，大地上空雾蒙蒙的，秃鹫的身影早已不知去向。我又在突发奇想，秃鹫是从哪个窄小的山垭中奔涌出来的呢？一圈圈从内心突然萌生的疑窦在眼前荡漾着，像是宇宙中某个神秘的星系，依托着时光慵懒地游荡在既定的轨道上。多么幽邃的疑问，我竟然像年少的孩子，盼望有一天攀登上巍峨的泰山，手指摘下身边游弋的繁星。而此时的石城，懒散地静卧在无语的石头山上，翔实地回忆着曾经经历过的铮铮往事。

我曾在雨夜走过终南山深处藏匿的古寺，走过秦岭之上蜿蜒曲折的山路，也走过浩瀚无际的毛乌素沙漠。而走过其后留在我印象中的仅仅是去过那个地方这样一个简简单单的概括。而如今脚踏黄河岸边的古石城，却激起了我内心深处所有的期盼。我究竟是在期盼着什么呢？这个问题的答案在我眼里是什么呢？我不知所云。只是暗暗升起来的欲望，左右了我理智的思维。让我像是一个带着躯壳的灵魂，全身心地浸润其中。

石城的小巷不深，却落得幽邃深远。用黄土和着泥浆将一块块随处可见的石头块子砌起的半人高的石墙，不时转换着方向迂回在残旧不堪的土屋子中。这种感觉，像是穿梭在某位随军智囊苦心研习的阵法的玄妙中。小巷也是用石头垒砌的，与石墙不同的是，地面铺就的石头是平展的石板，整体成凹状。多少年来，不知道有多少人的脚步从这条小巷走过，石板中早已密密麻麻布满岁月蹉跎的印记。一些蒿草也在石头缝中生长出来，半尺高，长着毛茸茸的花蕊。小巷是由高渐低的，一个急转弯，又变换成低处往高处的走向。

一只灰黑色的老鼠从眼前晃过，惊慌之际，它又回头望了望，似乎对我这个突然闯入它领地的陌生人怀着挥之不去的仇恨。是呀，是我的出现惊醒了沉睡中的石城，是我的刻意扰乱了石城正常秩序。抚摸着正在随着年代慢慢脱落的石墙，我能清楚地感觉到，石城人也一定在某个黑魆的夜里，抚摸过这堆砌起来的苍老的石块。这将是发生在石城千千万万个不解的故事中的其中一个，普通而又平实。雨水顺着房檐，呈窗帘状，稠密地从屋顶倾泻下来。没有未雨绸缪本领的我，免费洗了个痛痛快快的凉水澡！那雨水澄明、凉爽。坍塌的石墙在我身边开了一个半米长一点的豁牙子，一座生满苔藓的石磨，直直地盯着我看。石磨旁边繁茂青翠的椿树叶被雨水冲刷得光亮鲜艳，像是打扮得俊秀的后生，欲前往女方家提亲。雨水丝毫没有淹没椿树的生长旺势，相反，椿树在接受了细雨的洗礼后变得愈加挺拔秀丽，端庄淡雅。

雨静静地下着，巷子里的雨水，已经没过了我崭新的运动鞋。我匆忙掉头。

石城的石板街上，到处栽种着葱郁苍翠的老槐树。有的树干竟一个怀抱也抱不过来。这些见证了石城兴衰的老槐树，威风凛冽地矗立在街道上卫戍着，丝毫不减当年戍边兵卒之勇。一声滔天惊雷过后，雨丝渐次稀疏了，也细小了。石城像是一个刚出浴的美人，抖擞着飒爽的英姿，翩若惊鸿，宛如游龙。随着柔风的摆动，这个刚出浴的美人不自觉地徜徉在潮湿阴爽的夜色中扭动起曼妙出神的舞姿，蹁跹动人，分外妖娆。我能感觉到，它柔和的肌肤，瞬间将我吞噬掉的悠远升腾起来。我止步停在原地，黑压压的云彩要将我压抑得粉身碎骨。自身的渺小与微弱，刹那间，像一条五彩的绸带，紧紧簇拥着我。

街道两边，少有的门市已进入悠长安详的睡眠。我拖着兴奋不已的长影，悄悄地融入到暗暗的夜色中。突然，一声声清脆的风铃声袅袅娜娜地从石城的南边飘来。风铃声音悠长，缠绵，悦耳，动听，带着佛家的飘逸淡然，带着脱俗般的静谧无声。我顺着声音飘来的方向走去，或紧或慢的风铃声，像是见我突然前来，将悬浮于尘世的音乐之美演奏得更加委婉细腻，轻灵空透。

每从老槐树下走过，风儿吹落的雨滴悠悠地降落在我身上，凉丝丝的。夜风撩人，雨滴也着实惹人欢喜呀。从石城西边渐次南下，风铃声随着我前进的步伐越来越清晰，距离耳畔也越来越近。风铃声的间隙里，绕石城而过的佳芦河上，凶猛的河水击打石块的沉响，不绝于耳。也有滴滴答答的落水声，那是从石城小巷里流出来的雨水滴落石崖的声音吧！我亦分不清楚，大概如此吧！前行数分钟，一座朴素娴雅的石质牌楼出现在面前。其上雕刻的日月星辰光辉溢彩，龙虎猛兽栩栩如生。只是有些遗憾的是，由于天色已晚，镌刻在石牌楼上苍劲有力的刻字漫漫漶漶分辨不清，已不可知晓其中所诉何意。走过石牌楼，宽一米左右的石径，被开凿出来。石径两边，半尺高的翠柏，列着整齐的方阵，迎接虔诚的香客。斜度不太大的石洼洼上，勤劳的僧人种植着花开正艳的西红柿，丝缕浓稠的芬芳扑鼻而来。西红柿深情地偎依在挺秀的枣树上，受着枣树的阴翳，欢乐地成长。小径飘荡于石洼洼上，像缠绕石城的锦绣玉石腰带。踩着小径前行数百米，依稀可见壮丽的红砖青瓦了，还有股股醇厚的檀香味儿了。我加紧脚步。悬挂在怪石丛中的风铃终于闪现出它的清影了。一个连着一个的袖珍铜铃，流淌出金银落玉盘般纯粹干净的声音。这清脆悦耳的音，在夜色中朝着四方弥漫。先前也曾见过别地的风铃，大都悬于房檐尖或古塔八角之上，而今这些活泼的精灵们，却依着山势，栖身于石丛之中。那响声，在石窝窝里巡回后，就愈发空灵了，有着编钟的大气雄浑，又带着箫声的柔情缜密。石窟里摇曳的烛火，已近在眼前。旋即，垂直转弯后，一面辽阔的红褐色石墙汹涌澎湃地向我扑来。我矮小的个子杵在石墙前，顿时显得如此单薄、渺小。被装点于凹凸不平的石墙上的红褐色，散发着佛学的肃穆、淡静。一位老者循着我的脚步声从偏房走来。一身灰裘素雅庄重，双鬓雪染般斑白，脸庞爬满纵横如刀割的皱纹。老者的脚步深沉缓慢。他和蔼可亲地朝着我微笑示意，咧开嘴的牙床上，已不见皓白的牙齿。

小后生，欢迎参观云岩寺！老者愉悦地说。

我这才恍然大悟，一路循着风铃而来，竟不知寺院名号，煞是让人羞愧。我赶紧迎上去搀扶住老者。老者颤巍巍的右手指向镶嵌在石窟洞口一些见方一平米左右的窗户。

以前，这些石窟，雕刻着数万尊或跪或坐或睡的佛身。那些古人雕的佛身，仪态大方，面容宁静，现在人是无论如何也学不来的。老者介绍着。我隐隐看到，老者铁青的脸上，一些迷离的喜悦游离期间。显然，他熟稔云岩寺的过去，热爱这一方净土，最重要的是，对云岩寺的关爱甚至消除掉他身体由于年岁已高显现出来的不便与凄怜。他兴趣盎然地挥着哆嗦的右手为我介绍着历史上发生在每一个洞窟中的故事。

突然，他安静了下来，耷拉着脑袋，目无亮色，呆滞在原地。一颗晶莹剔透的泪水从他眼角渗透出来，随即又被纵横的皱纹藏匿。

后来呢？我将老者搀扶在一棵歪脖子枣树下圆鼓鼓的石凳上。

一场动乱，将老先人留给我们的文化遗产，糟蹋了很多！老者哽咽着，目不转睛地盯着面前苍老得一如他江河日下的身体般的石墙。我悄然站起来，朝着迂回的石径走去。老者的身影，渐渐湮没在浓重的夜色里，成为了一座写满愤懑的丰碑。风铃声，还在夜色中缓慢地徜徉着，脆响着。

我拖着沉重的身体，缓缓走出云岩寺。

石城所有展现出来的坍颓，钻进我已然麻木的双眼。曾在历史中占据着如此显赫位置的石城，缘何如今沉沦至此。那滚滚的历史潮流，还湮没了多少辉煌一时的城堡。我陷入泥潭般琐杂的思绪。会在什么时候，才会有楼兰古城重现人间的振奋与惊世，以及翔实科学的施救计划？黄河断前，佳芦河断后，大自然鬼斧神工造就的千古奇堡，何时才能走进更多人的关注中？

这难道仅仅是老者因为云岩寺冷落的哀思吗？我已没有兴致前去朝思暮想的、在国画中集险隘与美妙绝伦于一身的香炉寺览兴。潮湿的街道上，一段段倒塌的城墙随处可见。我的心情由此更加沉痛。

立于石城东边黄河之上直插云霄的凌云塔，蒿草茂密，一阵风来，吹得哗啦哗啦作响，夜，更加岑寂了。遮天盖日的林木，该是看不惯城墙的沦陷吧，用葱茏的树冠将断开口子的城墙，遮蔽得严严实实。夜已深，我蜷缩在石城的肺腑中，卷舒的白云在梦中翻滚沸腾，我突然看见，一座修葺一新的石城葭州，拔地而起！

第六辑 思想维度

每一篇美文，都驻守着思想的灵魂。

每一段文字，都蕴含着作者的态度。

每一个写作的人，心底都藏着一把锋锐的刻刀。

每一本著作，都能阅出思想的锋芒！

西部文化视野下的流韵

——我看著名散文家祁建青的散文

西部军旅散文家祁建青的作品，是我散文阅读的重点。不仅仅是因为他作品中时时刻刻都有从文字缓缓流入心灵的一种雅致，更重要的是，品读他对于西部已经消逝的历史散片背后重新建筑起来的文化框架。这些框架，就像是对历史或者悲伤或者赞誉的某种意念下的吮吸，让读者能从绵长的西部历史烟云中阅读出来作为一个华夏子民的骄傲以及一种对于历史的寄托。他的散文以一种天然的声音、气息、感触，抒写出那片养育自己的大地上空天籁一般出奇的轻灵的大音。似乎是一曲曼妙婉转的舞姿，在流水般自然而极富韵律的熏陶中，展现出大西部文化视野下心灵深处肆意挥洒的柔情。

祁建青是土族人，生活在神湖青海湖畔，那里是历史上通往西藏和新疆的咽喉要道，也是茶马古道文化和丝绸之路文化的交叉点。青海，自古以来远离中原，身居祖国大陆深处，却奇迹般地成为多种的文化聚焦地：汉、藏、回、蒙古、土等民族都有着悠久的历史和优秀的文化传统，它们保持着独特的、丰富多彩的民族风情和习俗；青海有旧、中、新石器时代的古文化遗址；众多的宗教建筑群；历代的文物古迹；动物岩画和宗教岩画；悠扬的民歌“花儿”，奔放的藏族歌舞，抒情优美的土族民间舞蹈《安昭》《纳顿》；民间佛教绘塑“热贡艺术”，藏族卷轴画“唐卡艺术”，酥油花艺术；独具特色的民间刺绣。因此孕育出来独特的青海大文化概念。

也许正是基于这样的根本，祁建青的散文创作，从此便井然有序地行进在中国散文创作的大道之上，屡屡为散文的文本写作增光添彩。

具体而言，祁建青的散文有以下几个方面超凡脱俗的呈现。

其一，以通俗流畅的描绘方法，将读者引进一种身临其境的境地，继而展开作者论述的观点，使读者在一瞬间，融入到作者写作的意境中，领略文笔深处流淌出来的大美、大爱、大情。比如在散文《在骏马和茶叶之间》的第四段，“古老的茶和更古老的马，一个在江南茶山，一个在雪域草原。自带着暖意和寒气，远涉千山万水，在古老的历史里相遇。完全可以这样想象，茶叶像一位南国女儿，骏马像一位北方汉子，他们被国家做媒，嫁娶给了经济和军事两家。”很平实的语言，像大海深处突然树立起来的光亮的灯塔一样，将在一望无际的海洋中前行的船只，突然引到一种拨云见日的思想高度。这就是祁建青写作的特点之一，他能从冗杂的文字里，为读者扛起一面大旗，跟着这面大旗，便能享受仙境般缥缈的散文盛宴。这样的感觉，无疑给读者带来既流畅，又轻快的感官和精神触觉。

其二，和西部文化相结合，在大自然的陶冶之中感触到生活抑或生命的真谛。祁建青总是从故乡的一山一树一花，甚至一粒微妙的种子上所孕育的历史背景为根本，站在多年以后今天的岩石之上，以一种大气魄大想象的意念，写出历史之于今天的意义。正如作者在《面向大地理的写作》一文中，“在青海，我们首先面对的是一个大自然主题。由自然环境限定的物质精神生活，与别处实难同日而语。”西部的地理环境，必然与西部积淀深厚的文化有着紧密的联系。作者就是从这个基点出发，用散文的语言，向读者娓娓道来一段段历史背后的思索。感受历史，感受生活，从而顿悟出来生活和生命的真谛，或许是我们民族一个多少年来都未曾中断的思考。祁建青的散文创作便是如此。

其三，作者在对大自然的抒写中，重新建立起来一种新秩序。对大自然的崇敬与故乡的留恋是构成作者写作的基础。他的散文都是从这样的基础出发，从而上升成为一种对大自然、对家乡更高一层的眷恋。作者笔锋触及下的青海湖，触及下的茶马古道，触及下的丹噶尔，触及下的大草原，无不流露出来一种对于大自然对于故乡的新秩序。他基于大自然的，不仅仅是大自然的鬼斧神工和浑然天成，更多的是寄予在其上深层次的热爱与赞美。比如在散文《尕马羊曲呀拉索》中：“那时大面积森林和大批野生动物还未退去。待到有限人群进至，久而久之，自然史的性质完全改变。尕马羊曲，转身成为古地质与古生物合成的古化石——古地质形态一目了然，古生物密码却一时难觅。”当然，这些热爱与赞美，作者不会直白地表露出来，而是通过历史背影下的某些写意，彰显出来。这样的新秩序，无疑为他的散文增添了一种更富可读性的元素。比如：“安身立命于高原的山民部族，自有通灵知秘的觉悟。这是因为，他们历来诚心诚意把山奉为神、水奉为圣。他们指定沉默如金。”

广袤无边的大西部，给予写作者漫无边际的素材。在这片神奇和贫瘠的土地上，每一根干旱的小草，每一声久远的狼啸，每一块渗满血液的砖头，每一个布满脚印的河谷，都是散文世界中不可多得的元素。以至于，西部散文自上世纪中叶兴起以后，经久不衰。先后因西部散文走进人们视线的作家不计其数。而新时期的西部散文创作中，祁建青的散文又是西部散文的重要收获。在西部散文家队列中，他的散文已经获得了很高的评价，无疑是新时期西部散文中的佼佼者。

他笔锋下构造的世界，是多元化的，是广博的，是极富精神层面的。

藏西高地的灵魂歌者
——高宝军散文集《藏西笔记》简评

有几次梦里，我被他们感动得泣不成声，爬起来在脸上抹一把，眼眶里噙满眼泪，枕头上湿成一片，还真是哭了。

——高宝军

西藏，一个神秘、距离天堂最近的地方。

那里的雪山，云雾缭绕，巍峨瑰丽。那里的苍穹，深远清明，湛蓝无暇。那里的寺院，威仪静穆，别致优雅。那里的歌声，婉转顿挫，悠远绵长。那里的藏人，淳朴可亲，简单虔诚。如果没有深读著名散文家高宝军先生的散文，也许我和许多人一样，了解到的西藏仅是附着在西藏表层的皮毛。千篇一律的雪山、苍穹、庙宇、藏声，使得关于西藏仅仅成为了一个旅游观赏之地。很难想到，一个生活在黄土高原上的汉子，竟能用如此细腻的笔锋，描绘出有别于我们熟知的关于西藏的更多情节。我便对陕北黄土高原出生的作家高宝军感到由衷的钦佩了。

《藏西笔记》（作家出版社出版）是西部著名散文家高宝军先生的近作。全书分为六辑，即《进藏记》《在普兰》《跨国情》《见行录》《家春秋》以及《藏西行》。散文集系统地阐述了藏西各个层面给作者带来的视觉感受和心灵冲击。打开《藏西笔记》的第一眼，我就被它的典雅厚重和唯美装帧所吸引。高宝军先生是我一直关注的西部散文大家。之前陆陆续续欣赏到的是他关于黄土高原的描述，关于西藏的文字还是出乎我的意料。仔细深读之后，才渐渐知悉，散文家高宝军作为援藏干部，曾用脚步丈量过西藏阿里地区的每一片热土。他用焦裕禄一般的共产党员的炽热和执着，温暖着西藏的草草木木，事事人人。根植于他的经历，以及他独具的敏锐观察力和独特的思想领悟，写出这样一部鸿篇大作，着实是西部散文界近年来最大的收获之一。

藏西秘境，天上阿里，茶马古道，南亚通衢，拱卫三国之界，据守世界之脊。在散文集序言《阿里赋》中，作者用娴熟的诗赋写作技巧，字字凝练，句句妙不可言。从简单几句词赋中，概括出《藏西笔记》全书描绘的藏西秘境大体位置，它不是我们传统意义上所知悉的西藏大地。在藏西，既有西藏大地的广袤和博远，又赋予了西藏更多的风情特色。在那里，他细心体察着老百姓的生活，为我们创作出大量超越于简单描绘西藏景色的富有精神内涵和人文关怀的作品。

我不由得翻开散文集，一篇篇认真地品味起来。雄壮的雪山，无垠的草甸，色彩斑斓的经幡，庄重肃穆的寺院，安宁清澈的河水，美丽淳朴的牧民。像一部部高清纪录片，在我脑海里闪烁。我竟一发不可收拾，钻进作者素雅娟秀的文字之中，追寻我心中久远的西藏梦。曾在著名导演李扬的电影作品《冈仁波齐》里，被笃信佛教去圣地虔诚朝拜的藏民深深感动。他们在信仰的支撑之下，执着地追寻内心深处对于佛教高地崇高的敬仰，至死不渝。或许他们认为，这样虔诚的朝拜可以涤尽前世今生的罪孽，增添无穷的功德，并最终脱出轮回，荣登西方极乐。因此，总有前赴后继的佛教信徒，以独有的磕长头方式俯仰于大地与苍穹之间，向圣地一米一米艰难跋涉。我曾为此落泪。在散文作品《概述普兰》里，作者曾驱车前往被印度教、苯教、藏传佛教、耆那教等尊奉为世俗世界的中心以及神山的冈波仁齐。在散文《冈仁波齐》里，作者又详尽地书写了关于冈波仁齐他所想表达的全部。转山朝拜途中，关于色尔壮丽的经幡场，关于扎琼阿佳神秘的天葬台，关于巴嘎一望无垠的大草原，关于肃穆庄严的曲谷寺，关于苍茫雄伟的卓玛拉山口，关于和蔼可亲的尼泊尔老人，关于近年旅游开发面临的担忧。读罢，便有一种亲自去了一趟冈仁波齐山的意境。作者笔锋婉转，辞藻朴实。更多的表述，不需要有太多美丽的词汇，亦不需要有太多华丽的修饰，我们追求的是，文字之间一种淡然的相逢感，一种超凡脱俗的清新感，一种莫名的诚挚感悟。毫无疑问，高宝军先生的散文里，相逢感和清新感以及思想感悟皆具。好的散文，我们想要感受到的便是如此。

在《藏西行》一辑散文《土林》中，作者写道：向西望，火红的太阳在西山上熊熊燃烧，黝黑的山梁一脉接着一脉向近处涌来，像退潮的大海一样，颜色逐渐变得深沉，环境不断变得安静。随着夕阳的下沉，山梁的投影越来越大，沟壑的墨绿越来越深，最后完全融化在一片灰沉沉的暮色之中，大地一片寂静，只有余光照射到的地方有野羊攀壁的剪影……这样极致的描写，在全书篇目中随处可见。可见作者散文语言描绘的功底之深。只言片语，便将土林的景色细致入微地展现在读者的眼前。给人带来一种如同欣赏山水画般的欣悦享受。作者的散文，似乎有一种古代山水诗人笔下诗歌的韵味。耐人寻味，回味无穷。

在《在普兰》一辑散文《牧区晨昏“走婚人”》中，作者又向我们展示了一种藏西普兰特有的民俗文化现象，引人入胜。曾在文章中看到过有关“走婚”断断续续的碎片记述。而作者对于“走婚”的详尽记录，确实如同一集情节丰富的电视剧，阅读起来，轻松愉悦。在描写男子在蜿蜒的山道上会见内心最美丽的情人的段落中，作者细腻的笔触，写出“走婚”人一路的心惊胆战和步伐的急切。作者把他们既害怕生人遇见的羞赧，以及马上见到爱人的急切描绘得淋漓尽致。“他们戴着毡帽，身着藏袍，不管马跑得快慢，总是不住地加鞭。”“崎岖的山道上，徒步的男子迈得飞快，腰杆挺得笔直，大老远看见人，能躲开就躲开，能绕的就绕走，实在躲不开的，就偏着脖子低着头，不看行人只看路。”翌日，天明之时，随着村里的脚步声，马蹄声，排气声响时，“走婚人”的一夜婚姻生活结束了。而等待他们的，依然是繁重的农活。作者对于普兰藏人生活习俗的描绘，文字简单，读罢却往往让读者久久回味，憧憬良久。对于生活细致入微的描绘，是作者的一大法宝。他总能从简单的生活琐事中，道出人们对于生活的积极和对于未来的希冀。哪怕眼前依然面临的是坎坷艰难，道路险阻。生活下去的勇气和对美好事物的向往，不正是我们最需要阐述的吗？

在《跨国情》一辑中，作者用大量篇幅书写自己深入当地生活了解到的朴实而平凡但却是在与命运作斗争的故事。文章的主人公有的是四川康巴汉子，有的是异国尼泊尔的女人，有的是平凡的环卫工人，有的是村妇女主任，各形各色生活在社会底层的人们，演绎着一段段扣人心弦的生活史诗。有血有肉，有爱情有深义，有眷恋有追求，有枝干有繁叶。在《藏西笔记》中作者对于叙事散文的写作，大多是通过亲身的采访或是当事人或者旁观者的描述整理出一幕幕真实发生在藏西大地上的往事。很多都是发生在国境线两边跨国的爱恨情谊。他们跨越国家界限，用挚爱上演着一出出华丽的人生大戏。想必读者读后，一定会为主人公的大爱大情所感动，所悲恸。这正是作者高宝军先生的神奇之处。文章传神，读者深会，才能完成一篇散文最终的归宿。无疑，作者的写作，是至高的。

《见行录》一辑中，作者用类似于报告文学的写作手法，把散落在普兰县角角落落当地住民之中发生的琐碎故事串联起来。从头到尾，娓娓道来。大到一起没有波澜壮阔情节的走私犯罪，小到一个炫彩斑斓奇幻的美梦。具体到一段关于“转世灵童”的神奇过往，具体到一拨拨盗采者没日没夜地采掘国家资源而最终被绳之以法，具体到劝说一个个学生重新返校认真学习，具体到一名老共产党员巴桑的黯然离世……每一件事，都体现出作为当地父母官的高宝军先生对民生的关注和对社会的思考以及对未来的期盼，他的爱民亲民之心跃然纸上。每一篇文章，都引人入胜，激荡起读者心中狂热的欣喜。文章从各个层面，反映出藏西普兰县特有的民风民俗，以及作为中（中国）尼（尼泊尔）边境县城特殊的地域环境带来的生活挑战。很显然，作者很善于用文学语言构造出读者内心想要知悉的未知情景，并加以修饰，为读者营造出一种独有的“异域风情”。从文字中我们也可轻易看出，作者深深留恋着默默深爱着藏西这片留下他无数足迹的辽远大地。

散文所处理的对象，是对人类自身生活和周边生命的认识。散文家书写的过程，也是认识生命感悟生活的过程。一树一花一春秋，皆为生命。我们所面对的写作对象，就是我们所生活的这个世界。散文家高宝军先生的写作情怀，囊括藏西万事万物——连绵不绝的雪山，清澈见底的水流，悦耳动听的啁啾。他用喜马拉雅的高度，书写出对于生命的绝唱。毫无疑问，在西部散文家群体中，他的散文，已经占据了重要的一席。他的散文，为西部散文高地，树立起新的标杆。他的散文，终将成为西部散文，乃至中国散文最浓墨重彩的绚丽华章。

构筑中国西部散文之魂

——写在《苍狼大地》出版之际

在中国近代散文发展中，西部散文以其独特的关注视角，苍茫的写作情怀，迅速屹立在中国散文之列，并在散文大发展中长期占据着重要的位置。与江南散文的温情暧昧相比，西部散文更加注重凸显西部粗犷豪爽的人文情怀，彰显生命坚韧不屈的本真意志。它像一缕缕袅娜的青烟，漫步在精彩纷呈绚丽多姿的大西部雄浑之中，也让更多的读者从其中领略到隐藏在大西北之中那一种黏贴在岩石上坚硬的痛，与弥漫在沙漠之上那一种苍茫的希望。可以说，西部散文的出现，为中国散文注入了新鲜的灵动的血液，使散文在其自身发展之中开始关注更多的一些被遗失在荒凉之中逼真的生命写真。

西部散文在二十世纪五十年代出现以后，迅速以其耀眼的锋芒席卷全国。到二十世纪八十年代，西部散文已经由涓涓细流成长为散文之列的滔滔大河。一些风格独特、构思缜密、语言豪迈的散文作品像决堤的洪水，以其迅雷不及掩耳之势，出现在全国各大刊物的重点位置。西部散文至此，已经成为了中国散文界一颗璀璨夺目的明珠。

2007 年，中国西部散文学会在内蒙古鄂尔多斯市宣告成立。随即，中国西部散文排行榜的评选工作在中国西部散文学会主席刘志成的号召下，迅速地组织起来。在西部享有盛誉的散文大家，联合成立评委会，在每年年末评选出当年西部散文排行榜。这无疑是给进行西部散文创作的各位散文家送去了茫茫大海上的一幢高大魁伟的灯塔，它指引着更多的西部散文创作作家，走向斑斓壮阔、旷达辽远的精神境界。2011 年 5 月，中国西部散文学会再次传来好消息，刘志成将 2007 年至 2009 年三年的入选排行榜的作品集结命名为《苍狼大地》，并由内蒙古教育出版社出版。这部雄浑的散文精粹，奏响了引领西部散文攀登巅峰的集结号，构筑起了中国西部散文之魂。

2007 年，评选出的四位问鼎排行榜的作家作品，分别为张承志的《匈奴的谶语》、徐无鬼的思想随笔、张中飞的《色彩斑斓的准格尔》、铁穆尔的《苍狼大地》，以及提名刘军、唯色、王族、白才、冯秋子、云珍等六位作家的作品。2008 年入选的作家作品分别为孤岛的《沙漠上的幻影》、王蒙的《新疆的歌》、尚贵荣的《走遍内蒙古》、高宝军的《吴起秦长城》、王宗仁的《西藏影集》、王剑冰的系列散文、何怀东的《羊肠小道》、淡漠的《西部情歌》、白才的《一个人的年代》、杨天林的《日落大麦地》，以及提名周涛、秦客、蒋蓝、韩万胜、席慕容、敕勒川等十五位作家的作品。2009 年入选的作家作品，分别为周涛的《红嘴鸦及其结局》、史小溪的《野艾》、存一榕的《西双版纳的背影》、祁玉江的《志丹赋》、范曾的《回归自然，回归古典》、崔子美的《子午岭绿涛》、赵俊海的《准格尔的石油记忆》、孟学祥的《那山、那水、那树、那人》、许淇的《追赶马群》、刘志成的《陕北歌悠悠》，以及提名冯秋子、摩罗、林非等八位作家的作品。

其中不乏有位于西部散文创作之巅的名家大家，也有崭露头角的西部散文新秀。他们却有着共同的特点，同为西部散文创作大家庭的一员。在2007年西部散文排行榜中，张承志的作品《匈奴的谶语》一文文笔流畅，语言朴实，以庄重肃穆冷峻深邃的笔法，向读者娓娓道来属于大西北的凄凉。作者站在历史的角度上，缓缓透露出一种被遗忘的、却在历史长河中曾占据重要位置的民族文明。在文章中，张承志追随着散落在祁连山上被岁月掩埋的历史密码，他的心情是懊悔的。他踏着凄凉的步伐从大漠戈壁里孤独地走来，而后又消失在暮霭蒙蒙的烟云细雨之中。文章中每一处细微的描写，都涂抹着浓重的民族情怀和色彩。大到矗立在读者眼前一座雄伟高峻海拔数千米的大山脉，小到某一个头发如蓬草，牛仔裤破烂的蒙古族牧民。这些或是壮观或是荒凉的景致像穿梭在麻线上的一颗颗泛黄的木珠子一样，将文章修饰得华丽多彩，美不胜收。张承志自上世纪起，一边埋头创作小说，一边又仔细雕琢散文作品。他的散文作品，一直在追逐着人们遗忘掉的隐藏在大西北的记忆，更像是一位探寻者，在散文的蔚蓝海洋中寻觅西北少数民族多姿的精神文化与原始的人性关怀，寻觅兀自出现在雪山之巅一些赤裸裸的思想与真理。

在2008年的西部散文排行榜中，孤岛的《沙漠上的幻影》位居榜首。他用一如锤炼过炙烤过的干净清澈的文字，向我们展示着中国最西边的一个个撩人的故事。一些形形色色的生活在昆仑山下的人们都以平凡的状态，彰显出废墟之上藏匿在安宁之上朝气蓬勃的活力。无论是车站内上车的少妇、昆仑山下的采玉人、沙漠小城中流浪的诗人、冷冰冰的铁路、颤巍巍的流沙河、干瘪的思想、迷茫的眼神，还是塔里木盆地东北的库尔勒香甜可口的梨子、若羌灼烫嘴唇的烧酒、米兰古城的孤独，他们都在不同的位置上演绎着只属于新疆的神秘与苍茫。在那座孤苦伶仃的米兰古城上面，一堵堵颓废的城墙拔地而起，一方方漫漶的碑文林立其中，它们用坚实的胸膛抵抗着冗杂的风沙、激越的烈日、凶悍的暴雨年年岁岁循环往复的侵扰，千百年来，依然宁静地矗立在浩瀚的巍巍大漠之中，像是一个残缺的破碎的蜷缩在记忆角落中令人惧怕的梦，在大漠的深处流淌着暗红色的血液。这样的情景，作者一股脑以全新的视角全部展示给读者，让读者在阅读之中，在激荡的心旌之中领略到大漠荒凉背后的真正涵义。孤岛，自诩为一个行走在沙漠之中的无助者，但正是这个无助者，带给我们精神层面上更多的震撼!

在 2009 年的西部散文排行榜中，刘志成的《陕北歌悠悠》可谓让人真正感受到游荡在陕北黄土高原之上民歌的艺术感染力与情感的凝聚力。陕北民歌是一种产生于田间地头的山曲儿，却在歌词创作上极富神韵地采用了比拟、夸张、儿化等一系列的语言手法，将发生在高原之上苦焦的生活与纯真的爱情书写得淋漓尽致。作者以在鲁院学习期间，学员得知他是陕北人之后让他演唱陕北民歌的情节为引子，细致到位地阐述了陕北民歌的大苦大乐、大喜大悲、大情大意的内在涵义。作者以其缜密的写作思路，华丽的语言，苍凉的笔调，让读者为之一振。那粗犷豪迈的陕北民歌，一声又一声回响在作者幽深的内心深处，它像一首首灵魂的琴音，将作者对于陕北民歌的热爱袒露在一个个活灵活现的文字中。那漫步在山间，头顶裹着羊肚子手巾的拦羊汉子，那行走在行军正列的泪眼婆娑的三哥哥，那西口路上孤独的人影，这些大喜大悲的情景，都一一闪现在字里行间。也许，作者已经将所有的弥漫在高原上的民歌装在胸膛，这是一种思想的升华，更是一种难以言表的能灼热心灵的热爱。这种热爱，又体现在作者对于故乡的眷恋，对于故土的感恩，对于记忆的感怀之中。

入选排行榜的作品，无不在歌颂西部承载着大气磅礴的大美，西部凝聚着富丽堂皇的神韵，西部呈现着黄钟大吕的澎湃。而在令人赞许的身后，一些渗透在骨子里的荒凉，夜色般沉寂的孤独，干涸的河床一般的沉沦，一眼望不穿的苍茫一般的朦胧仍然在广袤的沙漠上或是戈壁滩上踽踽而行。我在想，这种彰显西部散文灵魂的意境，不正如帕米尔高原上散落的古城堡吗？在低矮的土丘之上，一块块硕大的石头构筑起古堡的轮廓，呼啸而过的劲风正像是古战场上的战马嘶鸣，短兵交接。似乎所有展示给人们的景致，都给人以大气魄大感想的回念。而依旧生长在古堡其中的荒莠，栖息在巨石之上的秃鹫，匍匐在地上的破罐烂瓦，又无疑让人们内心的深处生起一股股浓烈的忧伤。西部散文，一边为我们送来西部大地上彰显出来的刚劲蓬勃，一边又为我们送去对历史存在性消失的惋惜，以及对生存的故土显现出来的艰难与困苦的哀鸣。

应该说明的是，西部散文不仅充斥着大气魄大物象，而且还在其中穿插着大悲凉，大伤痛。这种同时存在两面性的思想境界，构成了西部散文的灵魂。